SALA PRIVÊ

Copyright © 2022 de Ronaldo Brito
Todos os direitos desta edição reservados à Editora Labrador.

Coordenação editorial
Pamela Oliveira

Preparação de texto
Laila Guilherme

Assistência Editorial
Leticia Oliveira

Revisão
Iracy Borges

Projeto gráfico, capa e diagramação
Amanda Chagas

Imagens da capa
Mohamadreza Azhdari

Dados Internacionais de Catalogação na Publicação (CIP)
Jéssica de Oliveira Molinari - CRB-8/9852

Roque, Ronaldo Brito
Sala privê / Ronaldo Brito Roque. – São Paulo : Labrador, 2022.
80 p.

ISBN 978-65-5625-243-8

1. Ficção brasileira I. Título

22-2370   CDD B869.3

Índice para catálogo sistemático:
1. Ficção brasileira

Editora Labrador
Diretor editorial: Daniel Pinsky
Rua Dr. José Elias, 520 – Alto da Lapa
05083-030 – São Paulo – SP
+55 (11) 3641-7446
contato@editoralabrador.com.br
www.editoralabrador.com.br
facebook.com/editoralabrador
instagram.com/editoralabrador

A reprodução de qualquer parte desta obra é ilegal e configura uma apropriação indevida dos direitos intelectuais e patrimoniais do autor. A Editora não é responsável pelo conteúdo deste livro.

Esta é uma obra de ficção.
Qualquer semelhança com nomes, pessoas, fatos ou situações da vida real será mera coincidência.

RONALDO BRITO

SALA PRIVÊ

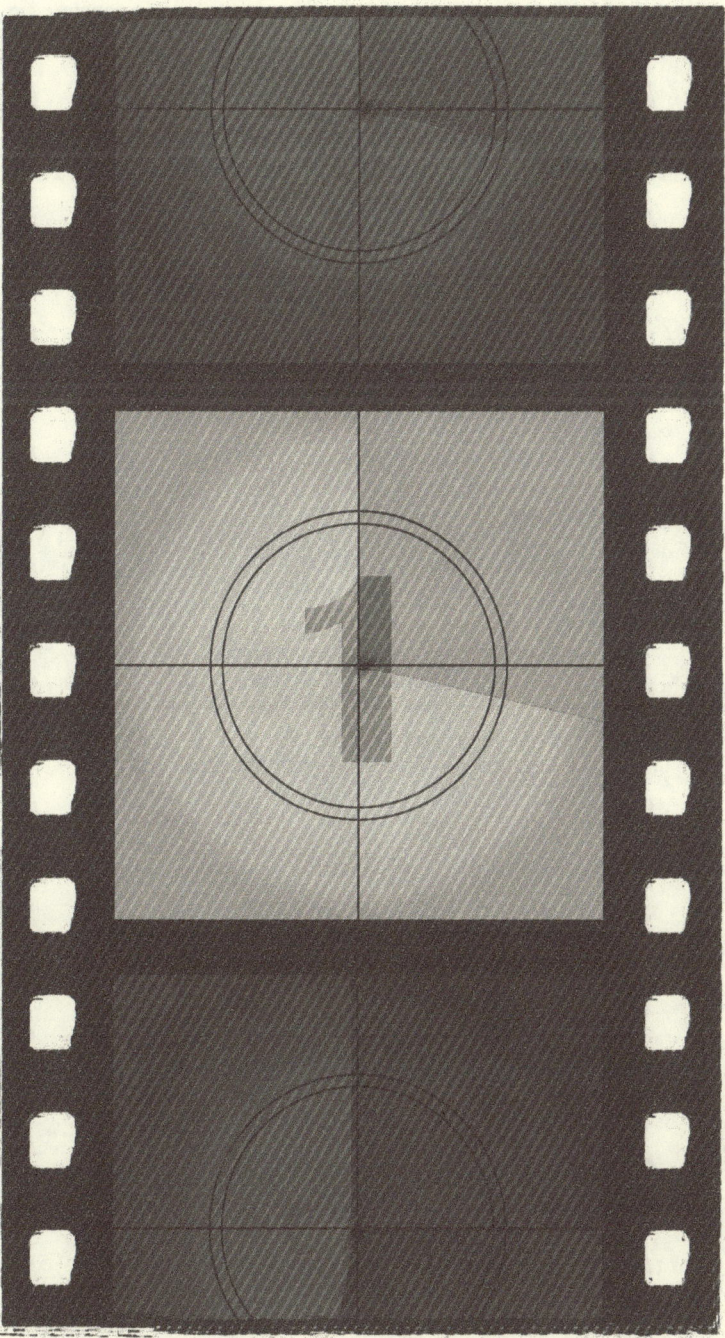

Homens de Terno

Conheci Luciana numa reunião do Clube da Leitura, que é um clube onde as pessoas leem trechos de livros e comentam por que gostaram ou não gostaram. Na verdade acontece mais coisa, mas eu nunca entendi direito, então é melhor nem tentar explicar. Faz tempo que parei de frequentar, porque lá só dava coroa. Luciana era uma exceção, com seu vestido preto, seu decote autoafirmativo, sua maquiagem vulgar, avacalhada pelo calor de fim de ano. No dia que nos conhecemos ela tinha ganhado o premiozinho da noite, e não me deu muita bola. Algumas semanas depois, eu fiz uma leitura, e ela veio falar comigo: legal o trecho que você leu. É da Anïs Nin? Claro, deve ser, falei. Mas hoje não vou ficar muito por aqui. Estou indo para a Homens de Terno, você conhece? Homens de Terno?... É algum evento? É uma boate nova, lá para o final de Pinheiros. Se você quiser, meu carro está ali na transversal, posso te levar. Olha, parece legal, mas eu tenho estágio amanhã, então acho que vou deixar para outro dia. Legal, mas eu já estava saindo, então vou nessa. Dei um tchauzinho e fui para o carro. Preferi não dizer que eu não ia mais voltar no Clube.

    Tem um lance legal na Homens de Terno: você escolhe uma música numa tela, e o sistema vai tocando automaticamente as mais pedidas. Isso tem tudo a ver comigo, adoro tecnologia. As músicas que eu escolhi nunca foram tocadas, mas claro que eu não ligo. O importante é que não tem DJ. Sempre achei os DJ's muito arrogantes, muito espalhafatosos. São caras que ganham muito simplesmente para apertar alguns botões do leptope[1]. Finalmente alguém descobriu que eles são inúteis.

Cheguei e fiquei na pista, dançando e bebericando uma Lemon Vodca. De repente vi uma garota que parecia a Luciana, mas era um pouco mais alta. Depois percebi que era a própria Luciana, apenas de salto alto. Ela deve ter passado em casa para trocar o sapato. E aí?, você disse que não vinha, falei. Uma amiga me ligou e falou desse lugar. Achei uma puta coincidência. Legal. E a sua amiga? Está por aqui? Não, ela não veio hoje, deve ter ido para outra balada.

A amiga provavelmente não existia. Luciana deve ter dado um tempo e vindo de táxi. Tinha pouco tempo que a gente se conhecia, talvez ela não se sentisse à vontade para vir de carro comigo. Vem cá, vou te mostrar uma coisa, falei. Aqui você escolhe uma música, e o sistema vai tocando... Ah, pode deixar, eu não gosto desses aparelhinhos. Vou para a pista, vou esquentar um pouco.

Vi que a coisa não estava muito boa para mim e fui dançar em outro canto. Depois fui comprar um Red Bull. Quando voltei para a pista, eu já estava um pouco alto e fui me aproximando da Luciana, dançando com os braços abertos, cantarolando junto com a música. Ela deve ter achado que eu queria abraçá-la, e me abraçou. A gente ficou dançando agarradinho, até nossas bocas se encontrarem, meio sem querer ou por querer ou por nada. Ela não era assim aquela gata, mas tinha um corpo legal e beijava gostoso.

---

1 Nota do editor: o autor optou por aportuguesar a grafia das palavras estrangeiras que se fazem presentes na língua corrente, por exemplo, leptope (laptop), chisbúrguer (cheeseburguer), pitsa (pizza), entre outras. Para respeitar a liberdade literária do autor, as palavras não estarão destacadas no texto, a fim de que fiquem realmente incorporadas ao vocabulário do livro.

Passamos um tempo nos curtindo e dividindo o Red Bull, depois ela falou que queria uma água, e a gente foi para uma mesinha. Eu notei que ela estava sem sutiã, e uma mulher sem sutiã me dá uma aflição que eu não sei explicar. Senti que eu precisava arriscar alguma coisa. Olha só, tem umas salas privê aqui, falei, só que a consumação é mais cara. Eu não ligo para privê, você liga para isso? Pois é, eu prefiro a privê. A gente fica mais à vontade, tem ar condicionado, você pode pedir comida pelo interfone... Deixa eu te perguntar uma coisa: se eu pagar a consumação, você acha que dá para rolar um sexo legal? O quê?! Você tá doidão, cara?, ela arregalou os olhos. O que foi que você tomou? Tomei só o Red Bull mesmo. Estou perguntando para evitar mal-entendido. Não quero pagar a privê para a gente ficar só beijando. Cara, você é muito doido! Isso não é jeito de falar com mulher. Se você está acostumado a falar assim, você deve estar andando com gente muito baixa. Desculpe, eu queria falar antes, para não ter mal-entendido. Ia ser muito chato se a gente entrasse na privê e você não quisesse transar. Pô, cara, desse jeito que você fala, sinceramente, isso brocha qualquer uma. Tudo bem, não precisa ficar nervosa. Eu te fiz uma pergunta e você respondeu, foi só isso. Você é muito sinistro, viu. Eu sei, eu sou meio sinistro. Se você precisa pensar assim, tudo bem.

Ficou aquele clima estranho. Eu não sabia o que dizer, e estava louco para subir para a privê. Deixei passar um tempo e falei que a gente podia se ver outro dia. Pedi o telefone dela, disse que ia ligar. Acho que vai ter que ser outro dia mesmo, ela falou. Hoje foi estranho, né? Concordei, disse que foi estranho. Mas vem cá, me fala uma coisa: você já falou assim com outra mulher?, ela perguntou. Já, já falei, sim. E deu certo? Deu, sim, ela também queria ir para a privê. Meu deus, mas você não entende, cara. Não é uma questão de querer, é que desse jeito que você falou simplesmente não dá. Não é assim que se fala com uma mulher. Eu sei, você já falou. É que eu sou assim mesmo, gosto de deixar as coisas bem claras. Mas agora eu vou indo. Outro dia a gente conversa. Eu tenho seu telefone, te ligo.

    Subi para o segundo andar e entrei na privê. Senti aquela sensação gostosa, aquele conforto, aquela tranquilidade. Tinha ar condicionado, tinha um sofazão, o vidro fumê dava para a pista. Fiquei um tempo curtindo aquele clima sereno, depois liguei para o Minuto (o nome do cara é esse mesmo, Minuto), perguntei se a Bárbara estava na pista. A Bárbara não está aqui embaixo, não, ele falou. Deve estar atendendo alguém. Perguntei se tinha alguma peituda por lá. Tem uma charmosona aqui. Parece que ela chegou há pouco tempo do Espírito Santo. Quando o Minuto fala "charmosona" é porque a mulher é meio coroa. Não curto coroa. Falei com ele para me ligar se chegasse alguma garota mais nova.

    Passou um tempo, o Minuto me ligou. Chegou uma mina aqui, ele disse. É branca? Cabelo liso?, perguntei. Sim, é branquinha, cabelo liso. Ela falou que está pedindo duzentos Reais. Fala com ela para subir. Esperei um pouco e descobri que a garota valia até mais que duzentos. Era novinha, tinha um corpaço. Pena que tinha aquele sotaque carregado do interior de Minas. Odeio esse sotaque. Faz a mulher parecer uma empregadinha. Mas a vida é assim. Não se pode querer tudo na mesma noite, na mesma mulher.

Ela era experiente e conduziu tudo muito bem. Me relaxou de várias formas, depois me bateu uma fome danada e eu pedi um chisbúrguer com batata. Quando vi que ela ficou de bobeira, fazendo hora ali na sala, disse que estava esperando um amigo e pedi que ela se retirasse. Se eu não fizesse isso, ela ia avançar na minha batata. Eu conheço essas garotas, sei o que estou falando. Comi meu chisbúrguer numa boa, depois dei um tempo, simplesmente ouvindo música e me sentindo feliz. Não sei se é assim com todo mundo, mas depois do sexo eu sinto uma coisa tão boa que só pode ser felicidade. Depois fui para casa, dormir com a minha felicidade.

Algumas semanas depois, eu estava sozinho, e resolvi voltar no Clube da Leitura. Eu não gostava muito daquele lugar, mas sempre acabava indo, simplesmente porque não conseguia ficar em casa. Peguei um livro da minha mãe e fui. Assim que cheguei, vi a Luciana. Achei que ela nem ia me cumprimentar. Mas ela veio falar comigo: e aí, como é que terminou aquela noite? Você conheceu alguém que topasse ir para a privê? Conheci, sim, chamei uma garota de programa. Ah, então você é um desses homens modernos? Curte sexo pago, e admite numa boa? Depende da garota, né. Mas eu admito, sim. Não vejo problema nisso.

Alguém chamou nossa atenção. Estávamos atrapalhando o evento. Ficamos quietos, aguardando a nossa vez. Quando chegou a minha, abri o livro ao acaso e li um trecho qualquer. No final todo mundo votou em mim, e fiquei meio sem graça. Afinal, eu nem tinha lido aquele livro. Quando tudo acabou, Luciana veio falar comigo: legal esse livro, é da Anaïs Nin? Olhei o nome na capa. É dele, sim, confirmei. Vem cá, e aquela boate? Você vai para lá hoje? Estou indo para o carro agora. Você me leva? Levo, sim, tranquilo. Quando entrou no carro, ela ficou folheando o livro, depois arriscou: parece que é maneiro, você me empresta? O livro é da minha mãe, não posso emprestar, não. Tá, tudo bem... Eu vou anotar o nome, depois eu tento baixar pela internet. Chegamos na Homens de Terno e ficamos dançando assim de bobeira, sem muita vontade. Acho que ela estava chateada comigo, porque no outro dia eu a tinha deixado sozinha. Mas o que eu podia fazer? Eu estava muito a fim de transar. Se a gente fosse para a privê, e ela não transasse, eu ia ficar muito puto. E, de repente, quem eu vejo na pista? Leandra, aquela catarinense inacreditável! Ela estava com um top rendado, meio transparente, chamando bastante atenção. Se eu não agisse rápido, ia perder a oportunidade. E aí, Leandra, você está linda! Oi, gatinho, tudo bem? Está muito quente aqui embaixo, eu falei. Vamos subir para a privê. Claro, a gente pode subir, sim, mas hoje eu estou cobrando trezentos, tá. O que é isso, você aumentou de repente? A cidade está com pouco movimento, sei lá. Não está dando para pagar as contas. Ela se justificou, mas eu sabia que não era bem isso. Quando a mulher chega em São Paulo, ela cobra uns duzentos, como forma de se testar, de saber se vai agradar. Quando ela começa a ter muito cliente, ela aumenta o preço. Sei dessas coisas, porque algumas garotas contam numa boa. Quem pode cobrar mais caro normalmente não tem vergonha de dizer o motivo. Tudo bem, eu disse, eu tenho os trezentos aqui. Ela abriu um sorrisão para mim, depois me deu um selinho. Não tem nada melhor que uma mulher como a Leandra. O homem que inventou a garota de programa fez um bem tremendo para a humanidade. É um dos meus heróis, sem dúvida.

Mas a Luciana estava ali do meu lado, e ela ficou me olhando com uma cara meio amarrada. Fiquei sem graça e resolvi apresentar as duas. Luciana, essa aqui é a minha amiga catarinense, a Leandra. Leandra, essa é a minha amiga que gosta de ler. Que legal, disse a Leandra. Eu queria ter tempo para ler, mas a minha vida é tão corrida... Ela estava de chortinho curto, cabelos pintados e seios quase saltando para fora do top. Estava na cara que ela era garota de programa. A Luciana ficou olhando para ela, como se olhasse para um animal exótico. Estava confusa, não sabia o que dizer, depois mandou: prazer, eu conheço o Rodrigo lá do Clube da Leitura. Eu conheço ele daqui mesmo, disse a Leandra. Ele está sempre por aqui; é um homem esperto, sabe onde encontrar coisa boa. Não exagera, Leandra. Não posso vir toda semana. Não sou nenhum milionário, né?

Rimos um pouco, falamos algumas trivialidades, depois subi com a Leandra para a privê. Ela estava maravilhosa. Já temos alguma intimidade. Não precisamos conversar, tudo rola naturalmente. Mais uma vez, encontrei aquela felicidade serena e vibrante. Depois me deu um pouco de fome e fui para o bar. Assim que pedi uma batata, quem apareceu? A Luciana. Pensei que você já tinha ido, ela falou. Resolvi ficar mais um pouco. E logo me dei mal, porque, quando a batata chegou, ela foi em cima. É por isso que eu não gosto de comer perto de mulher. Elas se sentem no direito de comer o que é meu.

Passou um tempo, falei que estava indo. Ela me segurou pelo braço: deixa eu te perguntar uma coisa. O quê? Essa

Leandra... Quer dizer, foi com ela que você subiu para a privê? Sim, foi com ela mesmo. E ela... quer dizer, quanto ela cobra para ficar lá com você? Duzentos, eu falei, mentindo. Nossa, duzentos Reais? Duzentos Reais para ficar uma hora na privê? Não sei se foi uma hora, você marcou? É, marquei... só de curiosidade. Pois então é isso. Duzentos Reais, uma hora. Agora eu preciso ir, estou morrendo de sono. Você vai voltar no Clube da Leitura? Não sei. Vai, sim, pô, aparece lá. Tá, qualquer dia eu vou. Mas agora eu vou nessa. Tchau.

 Passaram algumas semanas, lá estava eu no Clube da Leitura, de novo me perguntando que diabo eu ia fazer naquele lugar. A Luciana viu que eu estava com o mesmo livro. Anaïs Nin, de novo?, ela perguntou. Eu nem sabia que o autor daquele livro se chamava Anaïs Nin. Os outros livros que tinha lá em casa eram sobre dietas ou sobre os não sei quantos passos das pessoas de sucesso. Aquele era simplesmente o único que eu podia levar.

 Chegou minha hora, li qualquer trecho lá. Eles gostaram, até bateram palmas. A Luciana me perguntou: quando é que você vai me emprestar? Você falou que ia baixar pela internet, eu disse. Por que você não baixa para mim? Você tem cara de ser meio hacker. Ah, meu deus, mulher é um saco, pensei. Dei um tempo, saí de fininho e não falei para onde eu estava indo. Fiquei com medo de ela pedir carona e ficar insistindo para eu emprestar o livro.

 Cheguei na boate, não deu cinco minutos, ela chegou atrás. Ficou falando besteira, Clube da Leitura, Anaïs Nin, não sei mais o quê. Eu não aguentava mais, daí falei: você me paga um Red Bull? O que é isso, está sem grana? Tudo bem, posso pagar, sim. Daí fiquei mais um tempo, porque pelo menos ela estava pagando a bebida. Ela continuou resmungando alguma coisa, mas de repente me pareceu que ela estava falando: se eu fosse cobrar não ia ser menos de quatrocentos. Eu sou da Zona Sul, não sou nenhuma vagabunda. O que foi que você falou?, perguntei, com os olhos brilhando. Você não concorda? Eu não sou nenhuma empregadinha do interior. Faço faculdade, tenho o direito de cobrar mais. Olhei para os peitos dela. Ela estava de sutiã, mas dava para ver que era um sutiã honesto, sem enchimento. Claro!, eu disse. Claro que você pode cobrar mais. Vamos subir, eu tenho esse dinheiro aqui. Ah, você é louco, né? Você era bem capaz de me dar esse dinheiro mesmo. Enlacei seus ombros e fui caminhando para a escadinha que dava no segundo andar. Ela foi comigo, às vezes se desvencilhando, brincando que não ia, mas sem se distanciar muito de mim. Quando chegamos na privê, meu coração estava a mil. Eu sentia que estava vivendo uma coisa que não acontece todo dia, como um casamento ou um divórcio ou o nascimento de uma criança. Beijei seus ombros e pescoço, ela tirou minha camisa, eu tirei o vestido dela, o sutiã, e me deleitei naqueles seios lindos, com a felicidade de uma criança que ganha um brinquedo ou um doce longamente desejado.

Só não chegou a ser perfeito porque ela ficava me olhando com uma cara interrogativa, como se perguntasse: eu estou fazendo direito? É assim que as putas fazem? Mas também podia ser: você vai baixar o livro para mim? Ou ainda: você vai contar para alguém do Clube? Eu quase ouvia as perguntas passando pela cabeça dela, e isso às vezes me desconcentrava.

Mesmo assim a felicidade do sexo me dominou, e mais uma vez fiquei com a impressão de que a vida valia a pena. O dinheiro, o sexo, as garotas de programa, tudo isso é tão bom, não entendo por que tanta gente fala mal. Assim que ela se vestiu, eu passei para ela os quatrocentos Reais. Ela enfiou na bolsa e falou: você sabe que eu só estou aceitando isso porque é uma fantasia sua, né? Você sabe que isso não tem nada a ver comigo, é tudo uma loucura da sua cabeça. Eu sei, eu sei, isso não está acontecendo, eu falei. Ela riu deliciosamente. Senti que ela estava feliz. Depois ela perguntou: você vai ficar morto aí? Não vai descer comigo? Vou ficar mais um tempo aqui, falei. Agora eu preciso desse ar condicionado, preciso deitar um minutinho nesse sofá. Eu vou indo, então. Você tem meu telefone, qualquer coisa me liga.

    Fiquei um tempo lá, deitado, ouvindo a batida que vinha da pista, pensando em como eu gostava daquele lugar, como eu gostava do meu dinheiro, das mulheres brancas, dos peitos grandes, e às vezes acho que eu não pensava em nada, o que era ainda melhor.

    Passaram algumas semanas e me deu aquela vontade de ir para o Clube. Mas eu queria ser forte, queria não ir. Peguei o telefone e liguei para a Luciana. Estou aqui na Homens de Terno, ela falou. Você não vai no Clube da Leitura? Acho que não, não estou muito a fim, ela disse.

    Peguei o carro e parti para a Homens de Terno, feliz por evitar o Clube. A princípio não vi a Luciana, mas não liguei. Pedi uma Lemon Vodca e fiquei de bobeira, dançando ou fingindo que estava dançando, o que é mais ou menos a mesma coisa. Daí a pouco aparece o Minuto. Sabe quem está aí?, ele perguntou. A Suzana? Não, a Bárbara, aquela que você gosta. A Bárbara? Nem acredito. Cadê? Olha ali. Fui dançando para perto da Bárbara, cumprimentei, perguntei se ela estava esperando alguém, que é o jeito de perguntar se uma garota está livre. Graças a deus, ela não estava esperando ninguém. Subimos para a privê. Eu não preciso descrever a Bárbara, pense nas garotas mais bonitas que você já viu. Ela é tipo um resumo disso, com a diferença de que nela você pode chegar. Fomos para a privê, relaxamos gostoso, depois ficamos deitados, abraçados, num silêncio quase íntimo. Ela perguntou se eu não sentia frio com aquele ar condicionado. Eu disse que depois do sexo costumava sentir era calor. Mas eu estava com fome, e pensei uma coisa bem óbvia. Se eu pedisse comida pelo interfone, a Bárbara ia comer comigo e não ia pagar. Então me vesti e falei que eu tinha que voltar para o bar. Quando eu estava saindo da sala, vi uma coisa que eu não consegui acreditar, e um segundo depois eu acreditei e achei espantosamente natural. A Luciana estava saindo de outra sala privê e se despedindo de um cara. Ela me lançou um olhar sério e profundo, e aquele olhar dizia: não me cumprimente, finja que não me conhece. Obedeci candidamente, como quem obedece a uma regra que aprendeu na infância e não lembra que aprendeu. Mas não a perdi de vista e mais tarde consegui me aproximar. Você foi no Clube da Leitura?, ela perguntou. Não, vim direto para cá. Eu queria te pedir uma coisa, ela falou. Pode deixar, vou tentar baixar o livro para você. Não, não é nada disso. É que... eu queria te pedir, mas numa boa, numa boa mesmo... não comenta com ninguém, não, tá. Porque isso é uma coisa temporária. Eu não vou ficar nessa por muito tempo. Comentar o quê?, perguntei, inocente. Isso não está acontecendo, é só uma loucura da minha cabeça. Ela deu uma risada gostosa, eu ri com ela, e acabamos nos abraçando. Me deu vontade de falar: eu te levo em casa, mas senti que isso estragaria o equilíbrio delicado daquela noite. Eu precisava voltar sozinho, para pensar devagar e entender o que eu já sabia.

No carro lembrei que, quando nos conhecemos, ela estava com uma maquiagem exagerada, fazia gestos vulgares, parecia uma garota de programa. Naquela noite pensei que a diferença entre minhas amigas e as garotas de programa era apenas o dinheiro dos pais. Agora eu percebia que essa equação poderia não ser tão simples. Talvez houvesse, em algumas mulheres, uma alma de prostituta, esperando o momento certo para vir à tona. Eu fui esse momento para Luciana. O destino me usou para permitir que ela se revelasse a si mesma, e fizesse uma transição suave, sem choques, sem traumas. Essa ideia me confortou, talvez porque no fundo eu ame as garotas de programa. Sem elas eu seria mais um maridinho submisso, pai de dois filhos, trabalhando incessantemente para sustentá-los. As garotas de programa me libertaram desse destino previsível e ordinário.

Cheguei em casa feliz. Minha mãe, mais uma vez, tinha dormido diante da televisão. Desliguei o aparelho, fui para o quarto, encontrei na minha mesa o livro da Anaïs Nin, que eu nunca tinha lido. Antes de cair no sono, consegui ler algumas páginas.

Mulheres e teatro

Não lembro como conheci Rita, lembro que às vezes ela dormia lá em casa, às vezes acordava mais cedo e fazia café. Lembro que ela tinha lido uns livros interessantes, tinha visto uns filmes que eu queria ver, sabia conversar sobre alguma coisa, não falava só sobre amigas e cachorros de raça.

A gente ia numas confeitarias bem decoradas, ia ao teatro, conversava sobre um dia escrever uma peça juntos: eu, o papel masculino, ela, o feminino. Em suma, era uma mulher para casar. Lá pelos trinta ela começou a me perguntar sobre filhos. Se eu pensava em ter menino ou menina, se eu tinha preferência por algum nome, se eu achava que ele ia querer ser escritor, como eu, ou ator ou músico ou malabarista. Respondi essas perguntas com tranquilidade, mas percebi que era hora de fugir.

Se um filho nascesse com uns quinze anos, me chamando para jogar sinuca ou xadrez, tudo bem. Mas a vida não é simples assim. Filho é uma coisa que fica dois anos sujando a fralda, mais três anos aprendendo a falar, e quando ele vai ter idade para jogar xadrez ou sinuca decentemente, ele te despreza. Não, eu não ia entrar nessa. Eu ainda tinha um pouco de amor-próprio, não tinha necessidade de me punir. Falei com a Rita que não ia rolar filho, ela ficou meio chateada, parou de transar, depois paramos de nos encontrar. Fiquei anos sem saber dela.

Nessa época ainda existiam as locadoras de DVD, e eu me aproximei de uma morena de cabelos curtos que atendia numa locadora lá perto de casa. Era uma mulher legal, dava para conversar com ela sobre filmes e até sobre alguns livros. Uma vez nos encontramos num café a céu aberto, desses que quase não existem em São Paulo, e eu li para ela uns trechos de Benjamin, meu livro preferido. De vez em quando ela dizia: que legal, que da hora, você vai me emprestar?, e eu senti que ela estava gostando de verdade. Acho que foi ali que comecei a sentir alguma coisa por ela. Dois ou três dias depois estávamos nos beijando num bar em Vila Madalena. Cinco ou seis dias depois começamos a fazer amor.

A gente tinha uma sinergia muito boa. Apenas nos abraçávamos, começávamos a nos cheirar, e eu tinha uma ereção. Ela dormia lá em casa, porque morava com uma amiga. Tudo estava muito bom, muito gostoso, mas eu tinha medo que daí a um ou dois anos ela viesse a falar em filho.

Um dia ela me chamou para ir no interior, conhecer a mãe dela (o pai não era vivo), e eu pensei em dar uma desculpa e dizer que não podia, mas, não sei por quê, acabei concordando e até marquei a data. Comer uma comidinha caseira, dormir num lugar silencioso, ficar sem internet por uns dias... O que havia de errado nisso? Eu podia falar que era namorado dela, que a gente conversava sobre livros, que ela tinha um gosto legal, não era daquelas idiotas que trabalhavam apenas para juntar dinheiro e montar um salão de beleza. Eu podia levar um dos meus livros para a mãe dela ver que eu era escritor, estava ganhando algum dinheiro, não era vagabundo nem motobói. Aliás, melhor que isso, aluguei um carro, para a gente chegar de carro e a velha pensar definitivamente que eu tinha alguma grana.

Pegamos a estrada, cinco horas de viagem, mas chegamos numa boa. Tive que deixar o carro num estacionamento, porque a velha morava numa casa bem simples, sem garagem.

A morena falou que eles já moraram numa casa melhor com quatro quartos, garagem e jardim, mas, depois que o pai dela morreu, a mãe vivia só com a aposentadoria e com o dinheiro de uma sala que ela alugava no centro. Eu falei que meus pais também eram pobres e, quando meu pai morresse, minha mãe talvez tivesse que morar numa casinha até menor que aquela. Ela me perguntou quanto eu fazia com a venda dos meus livros, e eu fiquei com medo. Mais tarde ela me levou no quarto que tinha sido dela e me mostrou uma foto de quando ela era criança. De repente ela perguntou se eu achava que uma filha dela ia parecer mais com ela ou com o pai. Eu fiquei com mais medo. Respondi que não sabia, não tinha como saber. E um filho?, ela insistiu, você acha que um filho ia parecer mais comigo ou com você? Com você, claro que com você, eu disse, e fui para a janela ficar olhando a rua.

    Não transamos naquela noite. O quarto dela era muito perto do da mãe. No dia seguinte fomos embora depois do almoço. Na estrada ela disse, distraidamente: quem sabe um dia você não me leva para conhecer seus pais, lá em Santana do Capim Santo? Deve ser uma cidadezinha tipo essa, gente simples, trabalhadora, comida caseira, bem temperada. Eu falei: é mesmo, quem sabe? E já comecei a pensar em como sair da vida dela. O que me deixava triste é que eu teria que dar um tempo na locadora, e aquela locadora tinha uns filmes antigos muito bons, eu adorava aquele lugar.

    Esperei mais ou menos uma semana, parei de atender as ligações dela e parei de ir na locadora. Ela mandou uma mensagem: você não quer mais me ver? É isso? Eu respondi que tinha conhecido outra pessoa. Claro que eu não tinha conhecido ninguém, eu estava apenas fugindo de mais uma mulher que queria me usar para ser pai dos filhos dela. Sempre quis ser escritor. Eu não estava a fim de me tornar bancário ou funcionário público para ganhar um pouco mais e pagar as fraldas e as consultas médicas de um filho. De jeito nenhum. Acabar com o relacionamento naquele ponto era a coisa certa a fazer.

Depois de alguns meses fui na locadora. Eles estavam fechando e vendendo o acervo. Enquanto eu escolhia alguns DVDs para comprar, vi o Pablo, o dono da empresa, e perguntei como estava a morena: se ele sabia onde ela ia trabalhar, se ela estava bem, etc. Ele disse que ela casou com um dos clientes, um advogado gente boa, que tinha um Audi, um boxer e não sei mais o quê. Eu fiquei lembrando dela, pensando em como a gente combinava, como as coisas pareciam fluir naturalmente para a gente e, de repente, comecei a chorar. Quer dizer, não chorei de verdade, mas escorreram algumas lágrimas. O Pablo disse: eu te entendo, cara, todos estamos tristes com o fim das locadoras. A gente tinha muito mais opção com os DVDs. Esses saites de streaming só têm filme vagabundo, sessão da tarde, comédia pastel. É, cara, foi uma perda enorme, eu falei, e chorei mais pouco.

Naquele dia comprei uma garrafa de uísque, mas, quando cheguei em casa, preferi meu tradicional remédio para dormir. Fiquei pensando que, no fundo, era muita sorte a locadora acabar, porque assim eu não teria que rever a morena toda vez que fosse lá.

Dois ou três dias depois, passei num café que a gente costumava frequentar e fiquei pensando que seria legal se aquele café também fechasse. Duas ou três semanas depois fui a um restaurante japonês de que ela gostava, e fiquei torcendo para aquele ponto virar uma pitsaria, uma loja de roupa ou qualquer outra coisa. Alguns meses depois percebi que meu contrato de locação ia vencer e comecei a procurar outro bairro para morar.

Desde que me mudei para São Paulo tenho morado mais ou menos quinze meses em cada bairro. Essa cidade é muito variada, e cada bairro me dá ideia para um livro diferente. Se não escrevo o livro, a ideia vai para o fundo da minha cabeça e fica germinando lentamente, esperando a hora de virar pelo menos um parágrafo ou uma frase de efeito. Acho que São Paulo vai entrando pela minha cabeça e virando livros no piloto automático. Se algum dia eu me mudar daqui, penso que vou escrever de forma tão diferente que vou até usar pseudônimo ou, sei lá, escrever ficção científica.

Fui a várias imobiliárias, deixei meu telefone com eles, e de noite eu ficava passeando os olhos pelo Google Maps, me perguntando qual bairro ia me escolher para um novo livro.

Um dia um cara me ligou, perguntou se eu era o fulano de tal, escritor, e eu estava pensando que era alguém da imobiliária, quando o sujeito se apresentou como diretor de teatro. Disse que queria falar sobre meu conto "Homens de Terno", perguntou se eu já tinha assinado com alguma produtora, se ele ia virar filme, série ou coisa parecida. Tentei esconder minha alegria enquanto marcávamos um dia e um local para nos encontrar. Depois de desligar, eu me peguei abrindo a garrafa de uísque que tinha comprado para esquecer uma mulher.

Conversamos várias vezes, sempre em cafés e pequenos restaurantes. Ele não ia lá em casa, não sei por quê, e não me chamava para ir na casa dele, provavelmente porque era rico.

Os ricos, quando estão fazendo um negócio, não querem te levar na casa deles, porque você pode olhar a casa, os móveis, a decoração, e pensar: esse cara tem dinheiro, vou cobrar muito mais. Sem saber muito sobre ele, eu concordei com a mixaria que ele falou que podia me pagar. E ele ficou insistindo que, depois da peça, provavelmente alguém ia me procurar para fazer um filme. Eu dizia que aquele conto era muito pequeno, apenas umas seis páginas, e eu já estava até surpreso que alguém quisesse transformá-lo numa peça. Você está enganado, ele dizia. O início do século XXI está todo ali. Veja como a prostituição aumentou. Veja como as boates agora estão cheias de salas privê. O sexo está virando um negócio. Hoje ninguém tira a roupa sem te dar um preço. Eu ia falar que eu tinha namorado uma morena e que a gente se dava bem, sem rolar dinheiro. Ia falar de outras namoradas que eu tive que nunca me cobraram nada, e às vezes até pagavam o táxi. Mas achei melhor ficar quieto e deixar o cara enxergar o conto do jeito dele. Eu escrevo as estórias, mas não quero escrever as interpretações. Deixa isso para outro.

Passaram-se alguns meses, e acabei me mudando para perto de Moema, um bairro famoso por ter garotas de programa. Mais ou menos todo sábado, na parte da tarde, eu chamava uma garota. A gente fazia um relaxamento, depois ela ia embora, eu tomava um banho e saía para comer alguma coisa. Comecei a me acostumar com essa rotina. A verdade é que, quando você está com vontade de transar, é muito fácil pegar um telefone, chamar uma garota bonita e matar a vontade. Não é preciso conversar, convidar para cineminha, barzinho, e às vezes ir para a cama com uma mulher medíocre que você nem tinha achado tão legal. Se é só para transar, por que não chamar uma profissional? Fiquei pensando em tudo que o Lucélio havia dito, e senti que ele tinha razão. "Homens de Terno" era o início do século XXI, pelo menos para os homens. Para as mulheres, as coisas eram mais complicadas. Elas queriam filhos, e filho é uma coisa que exige um pai bonzinho, inocente e caseiro, uma coisa mais difícil de achar.

Eu estava nessa onda quando Lucélio me ligou. Ele disse que os ensaios já tinham começado e que eu podia assistir, se quisesse, para ver como estava ficando. Só era importante eu não fazer nenhum comentário com os atores. Se eu quisesse fazer alguma crítica, tinha que falar diretamente com ele, quando estivéssemos a sós. Que é isso, Lucélio? Sei que seu trabalho não precisa de críticas. Da última vez que nos encontramos você mostrou ter entendido o conto perfeitamente. O conto é sobre a forma como lidamos com o sexo hoje em dia. E isso vai continuar. Não vejo por que voltar à falsidade inútil do casamento. O sexo pago é mais verdadeiro e até mais natural. A mulher se sente mais à vontade para fazer sexo quando está ganhando alguma coisa em troca.

Lucélio deve ter ficado puto de me ver repetindo as palavras dele como se fossem minhas, como se eu sempre tivesse pensado daquela forma. E eu me surpreendi vendo que estava confirmando aquela interpretação rasteira. Mais que isso: aquela interpretação era agora parte da minha realidade.

Marcamos um dia para eu ver o ensaio, depois tomar uma cerveja na casa dele. Isso fazia sentido. Agora que já tínhamos tratado o preço, não tinha o menor problema eu ver onde ele morava.

No ensaio fiquei um pouco chocado. A atriz que ele escolheu não parecia em nada com minha personagem. Era mais velha, devia ter uns 30 anos. No conto está claro que ela tem no máximo uns 25, porque ainda está fazendo estágio. O diretor fundiu os dois ambientes, o clube de leitura e a boate, num espaço só. A passagem de um para outro seria feita apenas com música e iluminação. Isso poderia ser uma sacada genial, mas os mesmos figurantes continuavam na cena e acabava ficando esquisito, porque os caras que frequentam um clube de leitura não costumam ser os mesmos que frequentam uma boate de encontros com garotas de programa. De um modo geral não parecia o meu conto, só reconheci algumas falas, mas achei melhor não reclamar. Lucélio tinha me parecido um cara inteligente. Se ele estava trabalhando com essas limitações, provavelmente era por causa de grana.

Depois fomos para uma festinha na casa dele. Conversei um pouco com os atores, mas, como não entendo de teatro, fiquei boiando. Tentei conversar sobre filmes, sobre o fim das locadoras, que tinha acontecido havia pouco tempo, mas parece que eles não estavam interessados. Alguns me perguntaram quanto eu ganhava por mês. Eu expliquei que a retirada com a editora era anual, fingi que fazia uns cálculos mentais e disse que por mês dava mais ou menos isso ou aquilo. Um deles falou: o quê? Mas isso não paga nem a prestação de um carro. Tentei rir, e disse: agora você sabe por que eu vim de metrô. Todos riram, fingindo que era uma piada. E fingir era fácil para eles. Depois uma mulher chegou para mim e disse: não liga para esses caras, são um bando de pobres também. Quando não estão de metrô, estão de carona com um amigo.

Eu compreendo, falei, sei como são essas coisas. Peguei um copo e fui para a janela, meu lugar favorito nas festas onde não me entendo com ninguém.

Fiquei alguns minutos olhando os carros, os prédios mais próximos, os telhadinhos distantes, iluminados pela luz alaranjada. Uma mulher apareceu do nada e disse que já quis ser escritora. Falou que gostava de Clarice, de Nelson Rodrigues, de Beatriz Moreira Lima. Mas depois começou a fazer um cursinho de teatro e percebeu que o palco combinava mais com ela. Ela gostava de ler, mas, para trabalhar, queria uma coisa mais agitada, mais excitante, uma coisa que envolvesse o corpo, a fala, o ser humano como um todo, entende? Entendo, claro que entendo, eu disse. Mas eu sou preguiçoso. Gosto de ficar andando por aí, pensando nos meus personagens. Nem sei se eu sou escritor. Acho que eu sou um sonhador que arrisca colocar os sonhos por escrito. Ah, que bonito, ela disse. Coloca isso num dos seus contos. Arranja um jeito de enfiar isso no meio de um diálogo. Vai ficar legal, eu tenho certeza. Vou tentar, eu disse, prometo que vou tentar. Não vou nem perguntar o que você achou da minha atuação, ela falou. Eu sei que os escritores sempre acham que as peças ou os filmes ficaram muito diferentes do que eles escreveram. Só então percebi que eu estava falando com a mulher que fez a minha personagem. No palco ela parecia mais alta. E devia ter usado algum tipo de enchimento no sutiã. Ao vivo, seus seios pareciam menores.

Sua atuação foi ótima, eu disse. Você pegou muito bem o espírito da personagem. Eu sei que você está mentindo, ela falou. Mas não importa. Se eu fosse falar a verdade sobre sua peça, diria que é coisa de homem que não conhece mulher, fica sozinho em casa, se masturbando e idealizando mulher que não existe. Mas eu guardo para mim, prefiro não falar nada. Que mulher agressiva, pensei. Será que ela está a fim de mim ou o quê? Dali em diante fui rigorosamente trivial. Perguntei se ela achava que ia chover, se ela achava que a Copa ia aumentar o preço dos aluguéis, se ela achava que o novo governador ia investir mais em São Paulo ou em Campinas. Não dissemos uma palavra sobre teatro, nem sobre literatura, nem sobre nós mesmos. Aguentei firme até o final da festa, até o momento em que alguém disse: eu preciso ir, e eu pude dizer: eu também, acho que já vou indo.

    Algumas semanas depois, eu estava numa dessas livrarias enormes onde você pode fazer um lanche antes de voltar para casa. Comprei uns livros e estava comendo um sanduíche quando uma mulher se aproximou da mesa e falou alguma coisa como: olha só quem está aqui. Esse é mesmo o tipo de lugar onde eu esperava te encontrar. Não podia ser diferente.

    Firmei a vista e reconheci a atriz. Cumprimentei, falei alguma coisa e acho que a chamei para sentar. Ela falou qualquer coisa sobre livros, perguntou se eu conhecia tal ou qual escritor, de que eu nunca ouvira falar, depois falou que não lia muito porque gostava de ficar com as falas das peças na cabeça, às vezes gostava de brincar que ainda era uma personagem, mesmo depois de meses do fim da peça. Eu disse que isso devia ser divertido, e ela perguntou o que eu andava escrevendo. Falei que era um livro infantil ou infantojuvenil, eu ainda não tinha certeza. Ela pareceu se espantar: mas o quê? Sua peça é praticamente um elogio à prostituição, e agora você está escrevendo um livro infantil? Não quero nem pensar no que você pode dizer a uma criança. Eu ri um riso tranquilo, modesto, e fiz um sinal para o garçom trazer a conta. Acho que isso não a agradou, porque ela começou a falar num tom mais agudo, disse que era para eu não levar a mal, ela estava falando bobagem, porque era meio boba mesmo, ficava nervosa quando conversava com um escritor. Aliás era a primeira vez que ela conversava com um escritor, aliás ela não tinha lido meu conto, tinha lido apenas umas falas que o Lucélio passou para ela, depois falou qualquer coisa que eu já não ouvi, porque estava digitando a senha do cartão. Mas, como ela continuou falando sem parar, eu disse: vamos fazer uma coisa, vem aqui comigo. E fomos para a parte de livraria. Eu peguei meu livro, o livro que tinha o "Homens de Terno", e falei: vou te dar esse livro de presente, passa os olhos só para você saber de onde veio a peça. Ela falou: meu deus, mas é claro, o livro estava aqui e eu nem pensei em comprar, eu sou uma idiota, e não sei mais o quê. Fomos para a fila do caixa, ela falou para a garota que tinha que ser para presente. Na saída da livraria ela tirou o livro da bolsa, rasgou o papel de presente e falou: mas você tem que me dar um autógrafo, né? Não é possível que você seja tão desligado. Só então lembrei que eu não sabia o nome dela, mas fiquei com vergonha de perguntar e escrevi: Para Luciana, com um abraço do seu criador. E coloquei meu telefone. Luciana era o nome da personagem. Pensei comigo que ela não ia ter coragem de reclamar. E de fato não reclamou. Riu e falou: genial. Depois falou que ia me mandar uma mensagem, pedindo umas dicas de livros, porque ela estava precisando voltar a ler, precisando retomar esse hábito tão necessário, e enfim nos despedimos.

Em casa fiquei pensando que as atrizes não são assim tão bonitas quando vistas de perto. Mas ela tinha um corpo perfeito, e para ter esse corpo deve ter passado a juventude malhando ou dançando balé. Nunca deve ter lido um livro. Na semana seguinte ela me ligou para dizer que gostou mais de outro conto, um sobre conflitos entre mãe e filha. Esse conto é que devia virar peça, ela sentenciou. É mais verdadeiro, as mulheres realmente passam por isso. Não importa o quanto a mulher trabalhe, a mãe sempre acha que a filha nasceu para arrumar um marido e um par de filhos. Depois da peça ela ia falar com o Lucélio, e, se ele não quisesse, ela conhecia um cara do Morumbi que também era um ótimo diretor, súper conceituado, que podia se interessar em adaptar esse conto e talvez conseguir um financiamento da prefeitura. Eu fiquei pensando: será que isso vai acontecer? Será que vou me tornar uma espécie de dramaturgo indireto, escrevendo contos e livros para diretores transformarem em peças? Por fim concluí que isso era coisa da cabeça dela. Aquele conto não era tão dramático. Ela devia estar exagerando só para ter assunto comigo. Mas tudo bem, era uma boa desculpa para chamá-la para uma cerveja e talvez terminar a noite lá em casa.

 Alguns dias depois estávamos num bar perto do meu bairro, tentando conversar sobre alguma coisa. Ela alternava momentos de tagarelice com momentos de um silêncio inesperado, como se não quisesse tocar em certos assuntos. Deve ser casada, pensei. Ou tem namorado: um advogado chato que não sabe nada sobre teatro e quer apenas falar para os amigos que namora uma atriz. Ainda assim decidi correr o risco e chamei-a para ir lá em casa. Disse que eu precisava ler para ela uns trechos do meu livro favorito, precisava saber se ela ia gostar. Não sei por que falei isso, mas na hora soou sincero. Depois de uma olhada no apartamento, ela perguntou se fazia pouco tempo que eu tinha divorciado. Nunca fui casado, eu falei. Então por que você mora num apartamento de dois quartos? Expliquei que os apartamentos de um quarto costumam ser para estudantes, e em geral são muito fodidos; sem lugar para ar condicionado, com piso de cerâmica, banheiro minúsculo, vista para favela ou para galpões industriais. Esse aqui foi o melhorzinho que eu achei, e estava com um preço legal, eu falei. O quarto a mais serviria para eu deixar uns livros, e talvez um teclado, quando eu tivesse grana para um. Ela falou que eu devia ter mais dinheiro que os atores que ficaram zombando de mim na festa do Lucélio. E acrescentou que ator tenta se fazer de rico mas é tudo um bando de falido que anda de metrô e ainda mora com a mãe. Depois ela achou, na minha estante, um filme de que ela gostava, acho que era O Destino de Felipa, e disse para a gente ver, e talvez pedir uma pitsa ou comida chinesa. Sentei no sofá e até comecei a ver o filme, mas felizmente rolou um clima, mãos se tocaram, pernas se roçaram, e deixamos o instinto fluir. Durante as carícias notei que ela tinha cicatriz de cesariana, mas ela não tinha me falado nada sobre filho. O garoto devia estar sendo criado por uma tia do interior, ou talvez por um pai conservador, que não queria casar com uma atriz. De qualquer forma, preferi deixar que ela tocasse no assunto quando achasse melhor.

Passaram-se algumas semanas e não fui na estreia da peça. No primeiro dia os atores costumam estar nervosos, o cara da iluminação costuma estar nervoso, o cara do som costuma estar nervoso, as coisas não funcionam muito bem. Duas semanas depois eu fui, e até achei legal, embora eu percebesse nitidamente que aquilo não tinha nada a ver com o meu conto. A peça era uma criação do Lucélio. Meu conto acabou se tornando um fio invisível que costurava alguns acontecimentos. Fui no camarim, a atriz me recebeu com entusiasmo, me abraçou, perguntou se eu tinha gostado. Obviamente eu disse que sim. Àquela altura já estávamos ficando regularmente, já tínhamos feito amor umas quatro vezes. Depois chegaram alguns atores, diretores, gente de teatro, amigos dela. Fui apresentado, falei algumas trivialidades e me despedi.

 No caminho para casa, lembrei que eu ainda não tinha avisado meu editor, e talvez fosse uma boa ele saber da peça. Liguei para ele, falei da peça e tomei um susto. O cara me deu um tremendo esporro. Disse que deveríamos ter comparecido no dia da estreia, agora tínhamos que botar uma mesinha para eu dar autógrafo, vender uns livros, fazer meu nome e não sei mais o quê. Eu falei que isso era bobagem, era um auditório pequeno, uma noite estava dando só umas duzentas pessoas. Ele falou: então a gente faz umas dez noites, porra! Decepcionado, percebi que ele não tinha noção dessas coisas. Não sabia o que era teatro.

 Alguns dias depois contei esse lance para a atriz. Ela disse que ainda dava tempo, eu podia conversar com o Lucélio, colocar uma mesinha no saguão, vender uns livros, dar uns autógrafos. Eu falei que não queria nada disso. A peça era praticamente uma criação do Lucélio, e ele já tinha me pagado pelos direitos do conto, não era justo eu tentar chamar atenção para mim. E, para dizer a verdade, eu não gostava muito de dar autógrafo, achava um pouco chato, e tinha a impressão de que as pessoas que iam ao teatro queriam ver a peça, os atores, o drama, não queriam necessariamente ler o livro.

A atriz concordou comigo, disse que me entendia, e se estivesse no meu lugar também não ia levar livro e ficar em mesinha dando autógrafo. Eu pensei: o que é isso? Uma mulher que me entende? Uma mulher que concorda comigo numa situação dessa? Essa mulher é especial, ela pode não ser só a atriz de corpo bonito que eu venho pensando. A partir daquele dia, comecei a pensar mais nela, comecei a achá-la mais bonita, comecei a acreditar que, depois de alguns anos comigo, ela não seria tão tagarela, teria uma percepção mais rápida e profunda das coisas. Fantasias começaram a rolar.

Passamos a nos encontrar toda quarta e às vezes na quinta. No fim de semana ela tinha espetáculo. Na segunda-feira ela dormia lá em casa ou eu dormia na casa dela. Com isso fui perdendo a vontade de chamar garotas de programa.

Um dia, depois de fazermos amor, estávamos nus, conversando sobre a vida, e comecei uma antiga brincadeira: olha, vou te contar uma coisa, uma coisa que você ainda não sabe sobre mim, depois você me conta algo que eu não sei sobre você, pode ser? Tudo bem, ela falou. Eu já trabalhei em banco, disse. Fui bancário, você acredita? Ela deu uma longa risada. É difícil imaginar você de gravatinha, atrás de uma mesa, fazendo contas, falando sobre previdência, cheque especial. Pois é, eu dei esse vexame. Eu tinha saído da faculdade, estava precisando de dinheiro, mas eu não cheguei a usar gravata. Mas a vida é assim mesmo, ela disse, você não tem que se envergonhar. Não, eu não me envergonho. Foi uma experiência válida, eu aprendi alguma coisa sobre o ser humano, sobre dinheiro, sobre as pessoas que trabalham com dinheiro. Mas já passou, felizmente. A última coisa que eu queria era ser bancário para o resto da vida. Ela riu, confirmou que deve ser difícil, e continuou rindo, falando que não conseguia me ver como bancário, usando camisa listrada, gravatinha. Mas eu não usei gravata, insisti. E fiquei rindo com ela, como se o meu passado fosse uma grande piada.

Quando voltamos ao normal, lembrei que era a vez dela: fala uma coisa que você nunca me contou, eu disse. Essa é fácil, tem uma que você não vai acreditar. Vou acreditar, sim, eu garanto. E pensei que ela ia dizer: eu tenho um filho, mas ela falou: eu já trabalhei numa pet care. O que?, perguntei, confuso. Ela respondeu rindo: é uma loja onde a gente dá banho em cachorro, seca no secador, passa antipulgas. E nos gatos a gente dá banho seco, fica escovando, corta unha. Você não gosta de bicho?, perguntei. Acho bonito, mas chega uma hora que enjoa. Também é uma coisa que eu não queria fazer para o resto da vida. Eu sempre quis ser atriz. Quer dizer, teve um tempo que eu achei que queria ser escritora, li alguns livros, fiquei pensando neles, acho que eu ficava tipo pensando com a cabeça da autora. Até comecei a escrever. Rascunhei uns contos, uns poemas. Mas depois vi que eu tinha que ser atriz mesmo. Meus textos eram vazios, apenas ecos dos livros que eu tinha lido.

Que coisa mais linda, eu pensei. Essa mulher é até um pouco profunda. Vou acabar gostando dela. Mas nós ainda estávamos nus, e era impossível eu não perguntar sobre o que estava cintilando na minha cara. Vem cá, eu falei, tentando disfarçar a gravidade do assunto, mas... e filho? Você já teve? Ela me olhou assustada. Filho, de onde você tirou isso? Ué, talvez você tenha cometido um filho, mulheres engravidam, você não sabia? Ela ficou séria, olhou para o lado, pegou a calcinha, vestiu, pegou a saia... Não, querido. Filho eu não tenho não, ela falou. Se eu tivesse, tinha te contado. É com isso que você está preocupado? Você podia ter perguntado, eu falaria numa boa. Eu fiquei sem graça, tentei me explicar: não estou preocupado, apenas achei que podia ter acontecido. Você já tem mais de trinta anos, talvez já tenha rolado um filho com alguém. Não seria nenhum crime. Não, ela falou. Não seria crime, mas é uma coisa séria. Se eu tivesse, eu teria te contado.

Então eu quase parei. Quase deixei as coisas como estavam. Ela já tinha falado que não tinha filho, isso já seria o suficiente para muito homem. Mas para mim não bastava, eu tinha que descer mais fundo. Não gosto de boiar, não gosto de ficar na superfície. E essa cicatriz?, perguntei. Não é uma cicatriz de cesariana?

Ela continuou se vestindo. Comecei a colocar minha roupa também. Por um momento achei que ela ia sair do meu apartamento e não aparecer nunca mais. Não ia ligar, não ia passar mensagem, ia até fingir que não me conhecia, se a gente se cruzasse na rua. Mas ela sentou no sofá e falou: você tem razão, talvez eu precise falar sobre isso. Sabe, essa cicatriz parece de cesariana, mas é de outra operação. Algumas mulheres já fizeram essa operação, mas não gostam de falar sobre isso. Me desculpe, eu falei, não queria te embaraçar. Não, tudo bem, ela disse. Se não for você, outro homem vai me perguntar sobre isso, e eu vou acabar tendo que falar. A vida é assim mesmo. Olha, lembra que eu falei que pensei em ser escritora? Eu comecei a ler porque fiquei um tempão de cama. Eu gostava de esporte, gostava de dançar, andar de bicicleta. Uma doença me obrigou a ficar quieta dentro de casa. Quando eu tinha uns 23 anos, comecei a ter uma série de sangramentos. Os médicos achavam que era problema hormonal, me deram um monte de hormônio, fizeram exames, fiz até aquele exame que você entra dentro de um pequeno túnel, sabe? Tomografia, eu falei. É, acho que é isso. Mas quando deram uma olhada no meu útero acharam um tumor já bem grandinho, mais ou menos do tamanho de um limão. E ele estava crescendo rápido, então eu tive que tirar. Você tirou o tumor?, perguntei. Não, não, ela disse. Nesse caso tem que tirar o útero todo. Um tumor muito grande acaba comprometendo o órgão inteiro. Ela se calou por um instante e vi que seus olhos estavam marejados. Percebi que tinha cometido um erro. Se eu não tivesse perguntado agora, ela ia acabar me contando essa história, talvez de forma mais leve, sem precisar chorar. Mas talvez não haja mesmo um jeito de contar essa história sem chorar. Eu a abracei e disse que entendia. Ela disse calmamente: não, você não entende. Você não sabe o que é ser mulher e não poder ter filhos. Fiquei uns segundos em silêncio, depois perguntei: mas você queria ter filhos? Ela também ficou em silêncio, depois falou: sabe que eu não sei? Eu não tinha parado para pensar sobre isso. Acho que eu não seria uma boa mãe. Eu quero viajar, quero fazer muitas peças, conhecer outros países. Acho que eu não nasci para ficar levando filho na escola, no médico, no parquinho.

Mas, de qualquer forma, é muito ruim olhar para uma criança e saber que eu não posso ter uma. Não posso ter uma minha, que eu vou chamar de filho, abraçar, beijar, apertar, entende? Entendo, eu falei. Não, você não entende. Homem não entende isso. Mas deixa pra lá. Eu não fico pensando nisso. Pelo menos eu emagreci com a químio, e emagrecer é sempre bom.

Ela riu, e ri com ela, fingindo não saber que era uma falsa piada. Ficamos um tempo abraçados, e eu senti um pouco de tristeza por ela, mas também senti alegria. De repente me perguntei se eu tinha encontrado a mulher certa. Uma mulher que não procura um pai para pagar médicos para os filhos. Uma mulher que vê um homem como um amigo, um companheiro e um amante, não como um fiador para suas aventuras reprodutivas.

Dois ou três meses depois eu estava procurando apartamento. A peça já tinha saído de cartaz. A atriz estava trabalhando em outra peça. Todo dia ela passava lá em casa para eu ler algumas falas, ajudá-la a memorizar o texto. Depois das seis ou sete da noite ela ia embora, e eu começava a escrever. Eu estava me sentindo o homem da vida dela, tudo estava dando certo entre a gente. Para melhorar, um mauricinho do cinema tinha gostado do "Homens de Terno" e queria transformá-lo em filme. Resolvi alugar um apartamento maior, com uma sala mais espaçosa e uma cozinha de verdade. Pensei que a atriz ficaria feliz em escolher alguns móveis, talvez comprar uns quadros, uns tapetes, umas luminárias. Mulheres gostam dessas coisas.

Comecei a negociar com um cara, um proprietário de um dois-quartos na Vila Limeira. Chamei a atriz para ver o local. Frisei que ficava perto de mercado, de farmácia e de uma estação de metrô. E tem um quarto para criança, ela disse. A gente pode dormir no quarto do casal e deixar esse quarto para um filho. E, de repente, senti uma estranha vertigem, como se eu estivesse num ônibus e ele tivesse parado de supetão. Filho?, eu perguntei, espantado. Mas e a cicatriz? E tudo que você falou sobre a sua cirurgia? Ela me olhou surpresa, com cara de quem não entendeu a pergunta. Mas, amor, você não quer adotar? Aquilo foi um tapa na minha cara. Não sei se quero adotar, falei. Ela disse: mas eu achei que... Achou o quê?, perguntei, revoltado. Eu nunca disse que queria adotar. Isso nunca passou pela minha cabeça. Seus olhos começaram a lacrimejar. Comecei a achar que ela tinha muita facilidade para chorar. Aquilo estava cheirando a técnica. Fui para a janela, fiquei olhando a paisagem. Talvez, com o dinheiro do filme, eu pudesse dar entrada num apartamento. Com o restante eu poderia viajar, experimentar as garotas de programa do Rio ou de Salvador. Ou quem sabe comprar o tal do carro, essa coisa de que todo mundo reclama mas ninguém vive sem. Esses pensamentos me envolveram e não vi quando ela saiu do apartamento. Alguns dias depois ela me ligou. Eu disse que não queria enganá-la. Não queria que ela pensasse que eu tinha interesse em adotar. Ela disse que entendia, me entendia perfeitamente. Qualquer dia eu te ligo e a gente combina alguma coisa, ela finalizou. Eu também, qualquer dia te ligo, disse.

Nunca mais nos falamos.

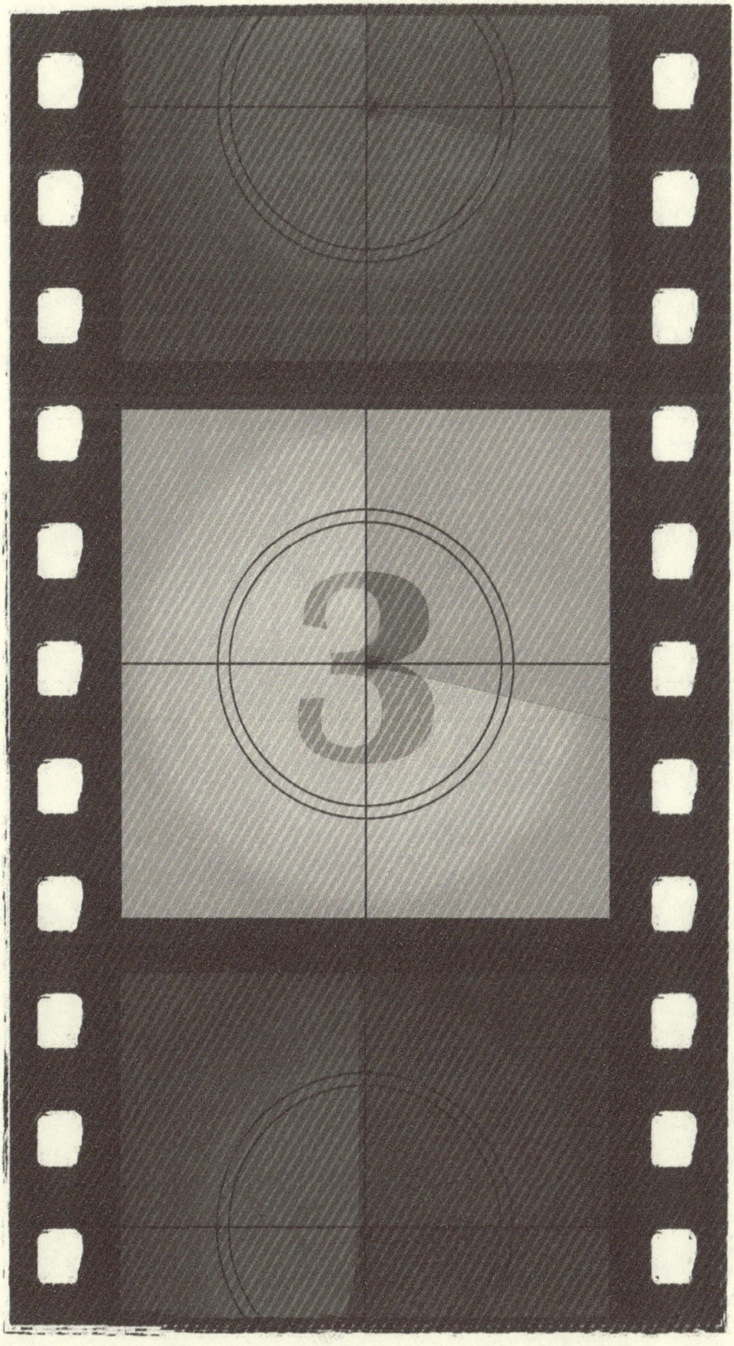
3

Cidade Pequena

Depois que um dos meus contos virou filme, alguns diretores me procuraram, propondo adaptar outros contos ou livros para teatro. Fiquei contente com isso, mas exclusivamente por causa do dinheiro. Eu não tinha mais a ilusão de ver meus personagens encarnados em atores, nem de ouvir no palco as palavras que eu tinha escrito no meu quarto. Os diretores mudavam as falas, os acontecimentos e até alguns detalhes que eu achava fundamentais e que, para eles, não significavam nada.

Eu tinha pensado que faria pelo menos alguns amigos entre os diretores, mas logo percebi que isso era inviável. Diretores de teatro só falam sobre atores famosos que fizeram essa ou aquela atuação memorável. Ou então sobre um pobre fulano de tal, que era bom ator, poderia ter sido o grande ator do cinema nacional, nosso Al Pacino ou Jack Nicholson, mas acabou brigando com certo diretor e teve que ser substituído na última hora. Depois disso ficou mal falado, não conseguiu mais emprego, acabou mudando de profissão. Ouvir essas coisas uma ou duas vezes é interessante. Ouvi-las toda vez que se encontra um diretor é simplesmente maçante. Não dá para viver acreditando que isso é tudo que um diretor de teatro tem na cabeça. Mais cedo ou mais tarde você acaba se afastando deles. Mas afinal diretores também não querem ser amigos de escritores. Eles querem amizades com filhos de empresários cujos pais possam patrocinar tanto ou quanto de uma peça de teatro. E os atores, é difícil conversar com eles. Quando não estão falando sobre erros engraçados que aconteceram nos ensaios, falam sobre equipamentos de malhação, que estão comprando mais barato de um fulano de tal que traz direto dos Estados Unidos. Nunca vi um ator falar sobre uma peça ou sobre um livro que ele tenha achado interessante. Eles não devem saber que essas coisas existem.

Tudo isso me decepcionou bastante, em contrapartida, fiquei feliz com o dinheiro que chegou. Dei entrada num apartamento amplo, com sala e dois quartos. Comecei a fazer umas aulas de violão, comecei a ter a impressão de que o tempo passava mais lentamente. Às vezes eu pegava um ônibus para qualquer lugar, depois voltava de táxi. Vivia simplesmente a alegria de morar em São Paulo; a alegria de descobrir, a cada quinze dias, um novo bar ou padaria de cento e poucos anos; a alegria de sair de casa às três da manhã e encontrar pelo menos uma pitsaria aberta. A alegria de ter sexo meia hora depois de dar um telefonema.

Depois de um ano sem fazer nada, me veio uma ideia quase óbvia. Se meus contos tinham virado peças de teatro, por que não escrever peças logo de vez? Assim eu não teria a decepção de ver meus textos alterados, as falas mutiladas ou substituídas. Seria mais interessante ver e ouvir o que eu tinha escrito de fato. E, para os diretores, devia ser mais fácil ter uma peça em mãos que adaptar um texto corrido.

Procurei me informar. Comprei uns livros sobre teatro, comprei umas peças de dramaturgos famosos. Li esses livros com sincero interesse. Tenho certeza que aprendi alguma coisa.

Depois voltei aos meus hábitos de escritor. De dia eu vagava pela cidade, pensando nos meus personagens. De noite fazia anotações avulsas sobre o que eu havia pensado. Quando tudo parecia estar tomando forma, eu começava a escrever.

Achei mais fácil escrever peças, já que elas prescindem de narrador. Pensei que seria difícil reduzir tudo a poucos cenários. No teatro você tem que colocar toda a ação em três ou quatro cenários. Mais que isso fica difícil de produzir, e os diretores não vão ter dinheiro para encenar. No entanto me adaptei facilmente a essa regra. Afinal, tudo que nos acontece acaba sendo em casa, no trabalho, num bar ou numa danceteria. Em três ou quatro cenários cabe uma vida. Quando eu já tinha escrito umas quatro peças, comecei a buscar editoras. Só então tive um choque de realidade. Com as peças, o disco gira ao contrário. Primeiro é preciso encená-las e só depois publicá-las, mas apenas se a encenação tiver sido um grande sucesso. Decidi bancar uma pequena edição, de duzentos exemplares, apenas para passar as peças aos diretores. Procurei os homens que eu conhecia, dei-lhes o livro, falando que eu abordei mais ou menos os mesmos temas, porém de forma mais dramática, reduzindo o tempo da ação. Alguns me disseram: ora, então você está entendendo de teatro. Outros disseram apenas que iam dar uma olhada e qualquer coisa entrariam em contato. Passei a andar com meu celular, coisa que eu não costumava fazer. Passei a olhar meus emails todos os dias, coisa que eu também não costumava fazer, já que não conhecia ninguém que pudesse me escrever. Meus dias foram ficando agitados, comecei a fazer longas caminhadas para lugar nenhum. De noite eu bebia uma dosinha para conseguir dormir. Até que me ocorreu que um diretor de teatro só poderia me ligar de noite, pois diretores são animais noturnos. Então passei a dormir de dia e ficar acordado de noite. Felizmente eu tinha um violão para dedilhar, um tocador de DVD para rever alguns filmes antigos. De dia eu dormia e sonhava, de noite eu ficava de olho no telefone. Quando o tédio começou a ficar insuportável, pensei em viajar. Sempre quis ouvir o português de outras capitais. Fortaleza e Salvador me passaram pela cabeça, mas também Luanda e a remota Lisboa. Então fui checar meu saldo bancário e tomei um susto. Eu estava no limite. Mais um mês e eu entraria no cheque especial.

Não entrei em desespero. O que me deixava triste era que meu plano tinha falhado. Eu tinha pensado que os diretores se interessariam pelas minhas peças, que eram, de certa forma, contos e novelas já adaptados para o teatro. Fui simplório e paguei por isso. Os diretores são meio burros, mas não simplórios. Eles querem trabalhar com livros para que saia escrito em algum lugar: adaptação de fulano de tal. Querem ostentar seu trabalho. Peças prontas não lhes interessam.

Depois de conhecer alguns anos de sucesso, dei de cara com um belo fracasso, mas eu ainda conseguia pensar que isso era bom. Pelo menos eu saberia escrever sobre fracasso, quando me desse vontade. O que me doía era ter que mudar de São Paulo. Pensar que eu nunca mais ia morar em São Paulo era como perder um braço ou uma perna. Eu não sabia se conseguiria escrever em outro lugar.

Telefonei para meus pais. Perguntei se eu podia passar um tempo em Santana do Capim Santo. Meu plano era chegar lá como quem fosse passar um tempo e ir aos poucos revelando que eu estava falido.

Consegui vender meu financiamento de imóvel. Vendi a geladeira, dei meus móveis para o porteiro e, com alguma tristeza, meu violão. Descobri que livros eram pesados demais para carregar em malas. Despachei meus livros, depois encarei a viagem de sete horas para a minha cidade natal. Levei apenas uma mala de roupas e uma pasta de couro com meu leptope. De certa forma eu estava fracassando, mas naquele leptope estavam os originais que me sustentaram por uns quinze anos. Viajei abraçado nele. No fundo do poço, eu ainda tinha alguma coisa que podia ser roubada.

Meus pais foram me buscar na rodoviária. Fazia anos que eu não os via, por isso me surpreendi. Os dois estavam de cabeça grisalha. Minha mãe já estava com as costas recurvadas. Um pensamento desagradável passou pela minha cabeça. Eu devia estar voltando para a minha cidade pelo menos com dinheiro para comprar uma casinha e um carro. Era certamente isso que meus pais esperavam. Então senti o peso daquele fracasso cair sobre mim como uma tempestade de verão. Eles me abraçaram, repetindo frases triviais: como é bom te ver, quanta saudade. Sem soluçar, enxuguei as lágrimas nos ombros deles. No passado namorei uma atriz. Alguma coisa aprendi com ela.

Nos primeiros dias comprei uma nova cama, um condicionador de ar e uma mesinha para o leptope. Mas eu não conseguia escrever. Meus pais acordavam cedo, tomavam café e iam cada qual para seu escritório. Passavam em casa na hora do almoço, depois voltavam lá pelas seis, sete da noite. Eles já tinham se aposentado, não precisavam mais trabalhar. Iam para seus escritórios fazer uma coisinha ou outra, porque não aguentavam ficar em casa. Durante a tarde, eu tinha a casa só para mim. Isso me daria tempo para escrever, não fosse a maldita empregada doméstica. Lavando vasilhas, arrumando a sala, varrendo os quartos, ela era uma presença sonora. Além disso, era a lembrança incessante de que eu estava morando na casa dos meus pais. Ela me via passar do quarto para a sala e da sala para o quarto a cada quinze minutos. Devia pensar que eu era um vagabundo. Nunca me preocupei com o que pensassem de mim, mas ela devia pensar muito alto. A presença dela me paralisava o trabalho, me travava.

Para fugir dessa tortura, passei a fazer longas caminhadas. Andei por avenidas arborizadas, descobri pracinhas insuspeitadas, notei que a decoração de certas padarias havia mudado, notei que a qualidade dos salgadinhos de qualquer lanchonete tinha caído drasticamente, certamente pela chegada do micro-ondas. Descobri ainda que a cidade quase não tinha jovens. Eu via jovens apenas quando ia nas lojas de roupa ou de informática. Isso não me incomodava, afinal nunca gostei muito de jovens, mas poderia ser um problema quando eu precisasse de sexo.

Tentando conversar com alguns velhos, em pracinhas ou padarias, aprendi a repetir automaticamente os nomes dos meus pais. Os velhos só sabiam perguntar duas coisas: se eu era de Capim Santo, e como se chamava meu pai. Quando esse nome não lhes dizia nada, perguntavam pelo nome da minha mãe. Aprendi a responder diretamente: sou fulano de tal, filho de sicrano e sicrana de tal. Frustrados nas suas questões fundamentais, eles não tinham mais assunto, ficavam mudos. Aprendi a frequentar barbearias, com enorme alegria, pois nunca gostei de fazer a barba. Mas fracassei ao tentar conversar com os frequentadores. Não tinham o que falar. Às vezes diziam: meu filho formou em direito, meu filho formou em medicina. Às vezes gritavam, com orgulho: meu filho está morando em São Paulo! E isso era tudo. Alguns falavam sobre futebol. Como nunca vi uma partida, esse era um assunto que eu não podia continuar. Para piorar meu estado, a cidade não tinha livrarias. Eu podia comprar livros pela internet, mas então descobri como era difícil comprar livros pela internet. É muito bom entrar numa livraria, pegar um livro e ler um trecho antes de escolher. Pela internet, podendo ler apenas títulos e resenhas, é difícil saber se um livro vale a pena.

Por incrível que pareça, a cidade tinha um teatro. Era, na verdade, o auditório de uma grande empresa, usado como teatro mais ou menos uma vez por ano. Assisti a uma peça adaptada de um romance policial. A peça não ficou ruim, apenas seu tema era banal. Não guardei o nome do diretor, mas comecei a me perguntar como fazer para minhas peças chegarem até ele. Meus pais não o conheciam, aliás nem sabiam que a cidade tinha teatro. Perguntei sobre ele ao pessoal da barbearia. Me perguntaram o que era teatro. Expliquei que era tipo uma grande sala, com atores representando ao vivo e cadeiras para as pessoas sentarem e assistirem. Me disseram que tais novidades não chegaram a Capim Santo.

Pensei em ir na empresa, dona do auditório, perguntar sobre o diretor. Era uma fábrica de macarrão ou biscoitos. A sede era bem longe da minha casa, e eles não tinham escritório no centro. Comecei a brincar com a ideia de que eu devia caminhar pelos bairros mais afastados, para emagrecer, para passar o tempo e para encontrar a tal empresa por obra do acaso. Se isso não acontecesse, era porque esse encontro no fim das contas não daria em nada.

Nesse meio-tempo descobri uma padaria que ficava aberta até mais tarde, perto da minha casa, em frente a um grande posto de gasolina. Comecei a frequentar o estabelecimento. O dono chegava no final do dia, como eu. Com o tempo, ele veio falar comigo, e perguntou o nome do meu pai. No dia seguinte ele disse que meu pai já havia ganhado um processo para ele. Perguntou se eu também era advogado, eu disse que não; ele indagou pela minha profissão, eu disse que era uma coisa complicada, era melhor eu não tentar explicar. Ele ficou desconfiado por alguns segundos, depois falou: quando seu pai vier aqui, eu pergunto para ele. Sim, eu disse, ele vai saber explicar melhor que eu. Com isso me livrei do homem, ele não falou mais comigo.

De vez em quando aparecia um cara estranho, com camisa social enfiada dentro da calça, óculos grossos, o rosto sempre liso, sem um fio de barba. O sujeito ficava numa mesa próxima, olhando para mim com uma atenção minuciosa. Comecei a ficar encafifado. Pensei que esse cara fosse alguém de São Paulo, que me conhecia, mas não tinha certeza se era eu. Também podia ser um mero curioso da cidade, alguém que detectou a presença de um forasteiro e queria saber quem era. Numa hipótese mais remota podia ser um homossexual querendo saber se eu jogava no time dele. Isso não me agradava, mas eu não ia parar de frequentar minha padaria preferida, a única que ficava aberta até mais tarde, a única que servia croassans de verdade, a única que me lembrava vagamente as padarias de São Paulo, só porque um biruta ou tarado ou possível fã não tirava os olhos de cima de mim. Continuei frequentando o estabelecimento normalmente. Aprendi a fingir que ele não estava lá.

Algumas semanas depois o sujeito se revelou. Veio para a minha mesa, perguntou se podia falar comigo por cinco minutos. Sim, claro, eu disse. Ele sentou, perguntou se eu era o escritor fulano de tal. Fiquei surpreso, não era provável que alguém da cidade tivesse lido meus livros (a cidade não tinha livrarias), mas respondi que sim. Ele se explicou: olha, eu estou com uma entrevista para fazer, mas é com um cara meio difícil. Ele é diretor de teatro, tem fama de ser meio marrento, parece que ele não gosta de falar com ninguém que não conheça Beckett ou Brecht e esse pessoal da dramaturgia. Eu me especializei em jornalismo político, não me sinto à vontade para falar com ele.

Essa introdução me surpreendeu. Me senti subitamente em certo bairro de São Paulo, onde era comum encontrar jornalistas e escritores em bares. Ele prosseguiu: você tem mais experiência com teatro, você não topa fazer essa entrevista para mim? Não posso te pagar muito, mas talvez você goste de fazer essas coisas. Escritor também é meio artista, né?

Eu estava mesmo querendo conhecer esse diretor. A proposta caiu como uma luva. Eu disse que sim, que eu faria a entrevista com o maior prazer. Acrescentei que eu conhecia muita gente desse ramo e, afinal, as literaturas se parecem. Eu achava que não seria difícil me entender com o tal diretor. Ótimo, ele disse, fico aliviado com isso. Passou-me o telefone e o endereço do cara. Disse que o assunto da entrevista era uma peça que o diretor ia fazer, mas ele não lembrava o nome. Lembrava apenas que era baseada em fatos reais. Eu disse que ia ligar no dia seguinte, porque já estava um pouco tarde, e tentaria fazer a entrevista no mesmo dia. O que é isso?, ele estranhou. Pode me entregar essa entrevista na próxima segunda-feira. Só te peço que entregue por escrito. Preciso dela transcrita, para publicar no semanário. Claro, não se preocupe. Já fiz isso algumas vezes, eu disse. Então ele tirou uma nota do bolso e colocou na mesa, na minha frente. Fiquei olhando para a nota sem saber o que era. Olhei os números, li o texto, 100 Reais, olhei o rosto que parecia ser de uma mulher com orelhas cobertas por folhas, virei a nota, descobri o desenho de um estranho peixe, que trazia a legenda de Garoupa. Vi outros símbolos que minha memória desconhecia, em seguida ouvi o homem dizer: na entrega eu te dou mais cem, e você me dá um recibo. Eu disse que estava muito agradecido e ia fazer meu melhor. Ele falou: tenho certeza que você é o homem certo para isso. Só não esqueça o recibo.

Fui pagar meu lanche com a nota de cem. A moça do caixa disse que não tinha troco. Enquanto eu procurava uma nota de dez, pensei que não podia haver uma cidade tão pobre que uma de suas melhores padarias não tinha troco para uma nota de cem. Mas essa cidade existia, e eu morava nela. Disse que ia trocar a nota e voltaria daí a cinco minutos. Mas resolvi não voltar. Fui para casa com a nota. E só em casa, quando a tirei do bolso e a coloquei na minha mesinha de trabalho, percebi a loucura daquilo tudo. Em São Paulo, um trabalho desse tipo não se fazia por menos de mil Reais. Em Capim Santo o cara ia me pagar duzentos Reais. Era quase uma piada. E no entanto eu estava feliz, porque ia conhecer justamente a pessoa que estava procurando. Ia talvez conversar sobre teatro, literatura, ter um momento agradável. Achei prudente não levar meu livro para a entrevista, não era o momento para falar de mim. Mas ter o telefone do cara já era alguma coisa.

Em casa, entrei na internet e digitei o nome do sujeito. Fiquei tremendamente surpreso. Cláudio Sérgio era o criador do Teatro do Tédio, uma modalidade de teatro na qual os atores apenas falam o texto, sem representar. Um teatro sem emoção. Nas entrevistas Cláudio dizia que o objetivo era ser chato mesmo. Fazer um teatro que parecesse um velório ou uma demorada sala de espera. Eu queria muito ver como isso funcionava. O tédio estava tão próximo de mim, que vê-lo no palco seria como encontrar um velho amigo.

Descobri ainda que Cláudio Sérgio já tinha morado em São Paulo e que seu Teatro do Tédio havia influenciado outros diretores. Isso me intrigou. Quem teria topado fazer essa doideira? Teria dado bilheteria ou seriam apenas peças para críticos, como se dizia em São Paulo? Estava aí uma pergunta que eu poderia fazer ao diretor, e muitas outras foram surgindo na minha cabeça. Fiz algumas anotações, no dia seguinte liguei para o cara (depois do meio-dia) e marcamos a entrevista para as quatro da tarde.

Na casa do sujeito, uma negra, de uns sessenta anos, me levou a uma sala de estar de estilo modernista, com móveis sinuosos e extravagantes. Reparei nos quadros: cores básicas, figuras esquemáticas, tendendo para o abstrato ou surreal. Cada peça parecia dizer: meu dono é neto ou sobrinho-neto de artistas do modernismo. Cláudio devia ser parente do dono da fábrica de biscoitos, só assim teria acesso ao auditório da empresa. Só assim poderia usá-lo como palco para suas peças. Sua mãe talvez tenha sido artista plástica. Deve ter passado a vida em casa, experimentando cores diferentes no ocaso, nos rostos dos homens e nos lombos dos animais. Alguns minutos depois entrou o homem. Careca, narigudo, com uma barriga que parecia ter crescido depois dos quarenta. Ele me cumprimentou, perguntou meu nome. Quando sentou, disse simplesmente: estou à disposição. Eu tirei o celular e falei que ia gravar a entrevista, para depois transcrevê-la. Tudo bem, ele disse. Não tenho problema com gravadores. Liguei o gravador do celular, disse que era uma alegria descobrir em Capim Santo o criador do Teatro do Tédio, disse que gostaria muito de ver uma peça encenada nessa modalidade e, por fim, fiz a pergunta: o senhor acha que essa peça vai cair bem no estilo do Teatro do Tédio? De maneira nenhuma, ele disse. Essa peça é baseada em fatos reais. Estou encenando como uma peça normal, não vou encenar à maneira do tédio, não teria cabimento. Um pouco desconcertado, eu continuei: o senhor morou em São Paulo, e o Teatro do Tédio chegou a influenciar outros diretores, como o senhor vê... Olha, ele interrompeu. Não seria uma boa falarmos em Teatro do Tédio. Essa peça é baseada no livro de uma senhora aqui de Capim Santo, uma negra que sofreu muitas humilhações, teve uma péssima infância, foi abandonada pelo pai, essa coisa toda. Tudo isso está muito na moda, e me pressionaram a fazer essa peça. Eu concordei, porque isso dá bilheteria e pelo menos mantém os atores em forma. A atriz que faz a protagonista é de Capim Santo?, perguntei, adaptando-me rapidamente à realidade do assunto. Claro que não, ele disse. Consegui uma negra de São Paulo para atuar aqui. Eu conheci muita gente em São Paulo, o Clóvis Bernai, o Saulo Arides, a Marta

Cabral Cunha. Essa gente me ajuda quando preciso trabalhar com um profissional. Você sabe, aqui na cidade, algumas pessoas trabalham com teatro e têm talento, mas não são atores profissionais, precisam ganhar a vida com outras profissões. Para toda peça eu chamo pelo menos um ator de verdade. Então o senhor não tem trabalhado com o Teatro do Tédio?, arrisquei. Não, por aqui não dá, ele disse. Em Capim Santo as pessoas não sabem nem o que é o teatro comum. Encenar o Tédio por aqui seria pedir para ser vaiado. Aliás eles não vaiariam, porque pobre não tem coragem de vaiar. Mas eu ia ficar malfalado, pouca gente viria na próxima peça, talvez ninguém. O Teatro do Tédio é para uma cidade que já conhece o teatro normal e está cansada dele.

Nesse momento uma morena, magra, de cabelos compridos, entrou na sala e sentou ao lado dele. A mulher não falou nada; parecia uma grande boneca metida num vestido estampado. Fiquei brincando com a ideia de que podia ser uma atriz, esperando para ensaiar um espetáculo.

Quanto à entrevista, tentei mudar de assunto: o senhor acha fácil adaptar um livro para teatro? Nesse caso, sim, esses livros estão muito na moda. Livros sobre negrinhos humilhados que sofreram preconceito, discriminação, essa coisa toda. Quem já leu um, já leu todos. Eu pude até adivinhar o conteúdo de certas páginas. Nada na minha vida foi mais fácil que adaptar esse livro.

Eu pensei um segundo e disse: vou colocar na transcrição que no início você achou um pouco difícil, mas, quando conheceu a autora, tudo ficou mais claro, e a adaptação fluiu naturalmente. Ele gargalhou como um vilão. Você pegou o espírito da coisa, ele disse. Coloque qualquer coisa aí, fale bem da peça, diga o que as pessoas querem ouvir. Eu não estou fazendo essa peça porque quero. É uma peça trivial, vulgar. A editora da negra me deu uma grana para fazer esse trabalho. Não que eu estivesse precisando de grana, mas eu pensei que um pouco de dinheiro não ia me fazer mal. Mas, por favor, coloque outra coisa na entrevista. Diga que gostei muito de trabalhar com esse tema, diga que sou solidário aos negros, não gosto de preconceito, discriminação, essa coisa toda. Pode deixar, vou falar exatamente isso, eu disse. Me passa só os nomes dos atores e personagens, e deixa o resto comigo. Eu vou pedir a minha mulher para te passar pelo celular. Você é de São Paulo?, ele quis saber. Morei muitos anos lá, mas tive que voltar. Fiquei sem dinheiro. Aconteceu a mesma coisa comigo, ele disse. Morei lá muitos anos, mas tive que voltar quando meu pai morreu. Sei perfeitamente o que você está sentindo: a decepção, o tédio, o sentimento de fracasso.

 Senti uma sintonia com ele nesse momento, uma sintonia que eu preferia que não existisse. Devíamos fazer uma peça sobre isso, falei. Sobre voltar para uma cidade pequena?, ele perguntou. Nem pensar. Entenderiam isso em São Paulo, não aqui. Nesse momento, a morena de cabelos compridos disse que ia ter que sair, e se despediu do diretor com um beijinho na boca. Senti que isso era uma forma de ela mostrar que era esposa ou namorada dele. E foi a coisa certa, do contrário eu ficaria pensando nela, pensando na possibilidade de conhecê-la melhor.

 Continuando, eu insisti: talvez pudéssemos encenar esse tema em São Paulo. O senhor disse que tem contatos lá. Sim, não é impossível, ele disse. Mas minha cabeça está totalmente voltada para a peça de agora. Me procure uns quinze dias depois que essa peça sair de cartaz. Talvez possamos pensar em alguma coisa. Eu te dou um esquema geral e você escreve os detalhes. Você é jornalista?, ele perguntou. Quase com vergonha, eu respondi: sou escritor. Melhor ainda, ele disse. Escritores têm a cabeça arejada, costumam voar mais alto. Me procure daqui a uns seis meses, e vamos pensar em alguma coisa.

Me despedi com sincera alegria. Ele disse: não esquece uma coisa: escreve o que o público dessa peça quer ouvir, não avance para nada muito intelectual. Deixa comigo, eu falei. Sei como são essas coisas. Sei como funciona o jornalismo cultural. Ele riu generosamente e se despediu.

Fiz um lanche na padaria de sempre e fui para casa. Eu sabia exatamente o que fazer. Passei a noite escrevendo. No dia seguinte a entrevista estava pronta. Fiz o recibo e fui para a casa do jornalista. Ele disse que não precisava ser tão rápido. Eu disse que também não precisava ser devagar. Meio sem jeito, ele me deu os cem Reais. Fui para casa, anotei a data da peça, falei com meus pais que eles precisavam assistir. Eu queria que eles pelo menos soubessem que havia teatro em Capim Santo.

Mais tarde peguei meus duzentos Reais e fui tomar um café com leite. Aquelas duas notas de cem me lembravam alguma coisa que eu não sabia o que era. No caminho vi uma jovem de minissaia e recordei imediatamente. Duas notas de cem era normalmente o preço de uma garota de programa em São Paulo. Isso me lembrou que havia quase um ano que eu não fazia sexo. A partir desse dia, não consegui pensar em outra coisa.

Perguntei ao pessoal da barbearia onde havia uma casa de massagem, um local com umas garotas que trabalhassem com relaxamento para senhores. Não me entenderam. Eram idosos, vinte, trinta anos mais velhos que eu. Perguntei ao dono da padaria. Nunca vi dessas coisas em Capim Santo, ele disse. Perguntei aos homens do posto de gasolina. Eles riram. Disseram que a igreja agora estava pondo minhoca na cabeça das garotas. Elas acreditavam em Jesus, em Paraíso e não sei mais o quê. Fui ficando desesperado, achei que eu precisaria pegar um ônibus e viajar sete horas até São Paulo para resolver esse problema. Daí me lembrei do jornalista. Se havia prostitutas em Capim Santo, ele devia saber; afinal, ele havia se especializado em jornalismo político. Liguei para ele, fiz algumas perguntas, ele falou que preferia me explicar pessoalmente. Disse que lá pelas sete passava na padaria. Imaginei que ele era casado, sua mulher ou sogra deviam estar por perto e ele não podia falar certas coisas na frente delas.

Na padaria ele me explicou que essas coisas eram mais discretas em Capim Santo. Havia um bar, quase na saída da cidade, onde algumas garotas se reuniam para beber e dançar fanque. Do lado do bar havia um estacionamento, e nos fundos havia um grande muro que ficava escuro por causa das árvores. Eu deveria estacionar o carro por ali e piscar o farol. As garotas mais ousadas iriam para a frente do muro, dançar, se exibir, fazer gestos provocantes. Então eu podia chamar a minha preferida para conversar. Ela ia me dar um preço, e eu a levaria para um motel. Achei aquilo interessante, apesar de muito formal, muito cheio de protocolos.

O jornalista falou em outra opção. Na cidade havia uma fábrica de macarrão. A empresa tinha um estacionamento tão grande que sempre havia vaga. Os empregados do turno da noite costumavam sair lá pelas dez, dez e meia. Eu poderia estacionar por lá; quando passasse uma garota com jeito de putinha, eu piscaria o farol e ela viria falar comigo; eu deveria oferecer carona. Da carona para a frente era um assunto nosso.

 Não gostei dessa última opção, pois eu temia não saber reconhecer a garota com "jeito de putinha". Perguntei se não havia um jeito mais simples, um casarão antigo, gerenciado por uma cafetina. Ele disse que não. Era isso ou entrar para uma igreja e casar com uma evangélica. Eu falei que casamento estava fora de cogitação, eu tinha meus limites. Ele propôs me levar no tal bar afastado, na primeira vez, para eu pegar o caminho. Depois eu me virava sozinho. Marcamos para sábado à noite, e ele terminou o papo lembrando que eu não podia contar aquilo a ninguém. Ele estava morando com uma mulher, os dois dividiam o aluguel. Compreendo, eu disse. Pode ficar tranquilo.

 No sábado ele foi me buscar. No carro falamos um pouco sobre a política da cidade. Os candidatos eram sempre filhos de empresários ou fazendeiros da região, filhos formados em Direito. Às vezes aparecia um médico que chegava quase a ganhar, por sua popularidade, mas sempre perdia por questão de cinco ou dez por cento. Eu disse que Capim Santo precisava progredir, precisava de uma boate maneira, bem decorada, com quartos no segundo e terceiro andares, para os casais se conhecerem, subirem para os quartos e terem seus momentos íntimos. Ele disse que eu tinha uma visão interessante de progresso, mas se essas coisas fossem feitas num local público, ao alcance de todos, a tradicional família capinsantense ia desaparecer. Eu disse que ele estava exagerando. Sempre haveria os casais que escolheriam morar juntos, ter um cachorro, limpar bumbum de neném, matar piolhos. Ele disse que não tinha tanta certeza. De qualquer forma chegamos ao local. Havia uns blocos de concreto separando a calçada do asfalto. As garotas ficavam sentadas por ali, bebendo e conversando. Ao lado do bar ficava o grande estacionamento, quase sem carros àquela hora, e, no fundo, o muro escuro, sombreado pelas árvores. O jornalista ligou uma música alta, as garotas se levantaram e ficaram olhando para dentro do carro. Ele bateu os dedos num botão do volante, e os faróis pareceram flechas no muro escuro. Uma cena que lembrava uma discoteca. As garotas foram para a frente do muro, começaram a dançar, a mexer os quadris; às vezes chegavam a se apoiar no muro e erguer o bumbum para trás. Algumas eram tão magras que a calcinha estava folgada, parecia de um número maior. Outras eram tão gordas que a calcinha não aparecia. Tinha entrado para dentro, ou simplesmente não estava lá. Eu levei a mão à testa, buscando uma desculpa. O jornalista parecia se divertir, piscando o farol e vendo bundinhas subirem e descerem na sua frente. Com muito tato, eu tentei explicar: olha, cara, não me leve a mal, mas eu estava acostumado com outro tipo de mulher. Em São Paulo elas... não sei, são mais altas. Sem interromper seu divertimento, ele respondeu: me disseram que em São Paulo as mais caras cobram quinhentos Reais. Aqui você vai gastar cem com a garota e uns oitenta com o motel. Eu sei, cara, eu sei. Mas eu me acostumei a outro tipo de mulher, acho que agora não dá para mudar. Não sei por que eu te trouxe aqui, ele falou, sem esconder a raiva. Eu sabia que você ia esnobar nossas garotas. O que é isso, cara? Você me entendeu mal. Não há nada de errado com as meninas. Eu cresci em outra cidade, me acostumei com outro tipo de mulher, é apenas isso. Tudo bem, ele disse, gosto é gosto. Mas faz o seguinte: na próxima quadra, vire à direita e você vai achar um ponto de ônibus. Eu vou dar um tempo por aqui, de repente me deu vontade de relembrar minha vida de solteiro. Eu entendo, disse. Sei como são essas coisas, e abri a porta do carro. Mas veja bem, ele frisou, você não vai encontrar nenhuma paquita por aqui. É melhor se acostumar com as nossas mulatinhas. Vou tentar, eu disse, prometo que vou tentar. E fui tomando meu rumo. Em casa percebi que agora havia mais um motivo para eu voltar para São Paulo.

Semanas ou meses depois, a peça de Cláudio Sérgio estreou. Fui assistir e fiz questão de levar meus pais. Minha mãe ficou contente porque encontrou algumas amigas, e elas puderam conversar sobre empregadas. Meu pai me contou que já tinha existido teatro em Capim Santo, num prédio que depois virou cinema, depois virou uma igreja evangélica, e por fim foi demolido para dar lugar a uma imensa drogaria.

    Depois da peça, minha mãe falou sobre como tinha sido bom reencontrar suas amigas. Meu pai ficou comentando o fato de a peça ter duas atrizes para a mesma personagem. Uma a representava na adolescência, quando ela estava descobrindo o mundo. Outra representava a mulher madura, conformada com o mundo. Mas não é incrível?, ele disse. Como o diretor pensou nisso? É genial e ao mesmo tempo tão óbvio. Uma adolescente não se parece em nada com uma mulher madura. Não podia ser a mesma atriz, ainda assim a coisa me causou surpresa. Aquilo era banal para mim, eu já tinha visto em teatro e em muitos filmes. Mas foi bom saber que meu pai havia se impressionado com alguma coisa. Ele ainda estava vivo. Quanto a mim, fiquei surpreso com a qualidade do teatro de Cláudio Sérgio. Se ele tivesse ficado em São Paulo, certamente estaria entre os grandes.

    Esperei que se passassem umas duas semanas, depois liguei para o diretor. A empregada me disse que ele não estava. Liguei no dia seguinte, ele também não estava. A velha falou que ele costumava ficar no centro cultural, onde dava uns cursos. Andei pela cidade, descobri onde ficava o centro cultural, que tinha o nome de um falecido poeta local; entrei, procurei por Cláudio Sérgio. Um homem bonito, com cara de ator, disse que ele vinha apenas às quartas e sextas. Fui numa sexta, ele já tinha saído. Na semana seguinte, fui numa quarta. Ele não apareceu naquele dia. Tinha avisado aos alunos que teve um imprevisto.

    Resolvi adotar outra estratégia. Lá pelas três da tarde, eu saía com meu livro debaixo do braço e passava no centro cultural. Se não o encontrasse, ia dar uma volta, tomar um café ou um sorvete, caminhava a esmo pela cidade, depois ia fazer um lanche na padaria. Mas isso também não estava dando certo. O cara não ficava em casa, nem no centro cultural, nem era dado a caminhadas, como eu. Devia ter seu próprio esconderijo.

   Um dia, chegando em casa, lembrei das coisas que tinham acontecido quando o jornalista me levou naquele bar, perto do muro escuro. Lembrei que o jornalista era casado, e mesmo assim ficou por ali; provavelmente levou uma das garotas para o motel. Fiz algumas anotações sobre isso. Em seguida, ajustando alguns detalhes, comecei a escrever um conto. Chamei-o de Piscando Farol. Quando eu estava empolgando, vi a luz da manhã entrando pela fresta da cortina. Deixei o leptope de lado, coloquei uma calça de moletom, uma camisa de malha e fui para a padaria. Levei meu livro na mão, para depois passar no centro cultural. Era tão cedo que os croassans não estavam prontos. Pedi pão com manteiga e um café com leite.

   Sentado numa das mesas, reparei numa mulher que escolhia um salgado no balcão. Era alta, magra, tinha cabelos anelados, estava de moletom e camiseta feminina. Esperei ela sentar e fui na mesa dela: dá licença, mas a senhora não é a esposa do diretor Cláudio Sérgio? Sou eu, ela confirmou. Posso falar um segundo com a senhora? Eu sou aquele escritor que fez um artigo sobre a última peça dele, não sei se a senhora se lembra, eu estive na casa de vocês para entrevistá-lo. Ela disse que lembrava e que seu marido tinha gostado do meu trabalho. Fico feliz com isso, eu disse, e tomei a liberdade de sentar e continuar. Eu havia conversado com ele sobre a possibilidade de trabalharmos juntos. Ele havia dito para eu procurá-lo depois dessa peça, essa sobre a negra humilhada, mas parece que ele não tem ficado no centro cultural. Passei lá várias vezes e ele não estava. Como assim? Ele não tem trabalhado? Não sei, talvez eu tenha passado nos horários errados. Eu não sabia disso, vou perguntar para ele. Bem, de qualquer forma, você podia me fazer um favor. Minhas peças estão neste livro. Se você puder passar para ele, já vai ser um primeiro passo para mim. Ela pegou o livro: Três Verões e um Inverno?, perguntou. Esse livro é sobre o quê? Tem quatro peças aí, falei. Achei que três poderiam ser para o verão e uma para o inverno, alguma coisa assim. Ela folheou o livro, disse: que nome interessante. Vou passar para ele, com certeza. Aliás vou ler primeiro, depois passar para ele, pode? Claro, eu disse. Você vem sempre aqui?, perguntei. Eu caminho toda quarta de manhã, e costumo tomar café aqui. Ótimo, vou trazer mais um livro para você. Põe seu telefone aí, ela lembrou, para o caso de ele querer te ligar. Claro, claro, falei. Escrevi meu telefone e emeil.

   No caminho para casa, pensei que sempre frequentei a mesma padaria que ela, apenas em horário diferente. Às vezes, saindo em horário diferente, você encontra um mundo diferente.

   Na quarta seguinte, passei lá e dei outro livro para ela. Ela disse que já tinha lido a metade, e agora ia passar o livro para Cláudio Sérgio. Depois confessou: você sabia que eu sou cenógrafa? Sou formada em arquitetura, mas depois de conhecer o Sérgio, comecei a fazer uns cenários para ele, e acabei gostando. Onde você estudou arquitetura?, perguntei. Em São Paulo. Morei um tempo lá. Que legal, eu adoro aquela cidade, eu disse. Também morei um tempo lá. Ah, então você tinha carro, ela taxou. Eu era jovem, tinha que andar de metrô, esperar na fila. Eu tive outra experiência com São Paulo.

Sim, eu tinha carro, menti. Ah, que bom. Sua São Paulo foi outra. Bem, agora tenho que ir, ela disse. Vou dar esse livro para o Sérgio, porque já fiz umas anotações no que você me deu. Já li uns trechos para ele, e acho que ele gostou, viu? Fico contente com isso, falei. Ele vai querer trabalhar com esse livro, tenho certeza, ela frisou. Seria uma honra para mim, eu disse, dessa vez com sinceridade. Ela lembrou: tem seu telefone aí? Bota seu telefone. Botei meu telefone mais uma vez, e nos despedimos.

 Voltei para casa cheio de esperança. Se eu conseguisse uma graninha vendendo os direitos daquelas peças, talvez pudesse voltar para São Paulo, alugar um quarto-e-sala e recomeçar minha vida. Deitei pensando nisso e peguei no sono. Eu estava começando a dormir de dia e ficar acordado de noite. Meus instintos naturais estavam voltando.

 Quando acordei, retomei minhas anotações e terminei o conto Piscando Farol. O personagem chega em casa e acaba tendo uma discussão com a mulher. Ela percebe que ele tomou um banho antes de chegar. Pergunta sobre isso. Ele diz que foi na casa de um amigo, porque estava muito calor. Ela não aceita essa explicação, pede a verdade, pergunta se ele virou homossexual para andar tomando banho em casa de amigos. Ele não aceita essa acusação. Dorme na sala. No dia seguinte ele ameaça sair de casa, se ela não esquecer aquele assunto. Ela diz que tudo bem, que ia esquecer, só não queria que ele arrumasse filho com alguma empregadinha por aí. Seria humilhação demais. Ele garante que isso nunca ia acontecer, diz que sabe seus limites. Os dois fazem as pazes ou pelo menos se aquietam.

Um conto fraco, sem nada de especial. Mas eu queria registrar aquela coisa de piscar farol para as garotas. Aquilo era uma prostituição chula, degradante. Acostumado com mulheres que atendiam em pequenos apartamentos ou iam na minha casa, comecei a achar que o sexo pago estava descendo baixo demais. Mas claro que eu não podia fazer nada sobre isso, então terminei o conto e esqueci o assunto.

Algumas semanas depois, Cláudio Sérgio me ligou. Disse que tinha gostado do livro e achava que seria uma boa fundir a primeira peça, O Convidado Chinês, com aquela outra, aquela que ele não lembrava direito mas tinha uns gatinhos, tinha um final romântico, era muito terna; uma coisa boa para cidade pequena. Eu disse que essas peças eram muito diferentes, e podiam não combinar. Lembrei a ele que a peça dos gatinhos era, na verdade, sobre um casal que tem uma gata, ela engravida e acaba tendo os filhotes perto do natal. Era uma grande metáfora, porque esse casal estava justamente discutindo se devia ou não devia ter filhos. Era uma peça mais sentimental, uma coisa mais para fim de ano. Mas não!, ele disse. Não é nada disso. A questão é que O Convidado Chinês é uma peça muito boa, tem muita coisa ali, realidade social, estranhamento, a angústia de ser um estrangeiro onde ninguém te compreende. Aquela é a grande peça, os temas fundamentais do teatro estão ali. Só que ela tinha um problema: não tinha um final claro, não tinha um grande desfecho, e uma peça para uma cidade pequena tem que ter um fechamento, tem que ter um momento cabal, para as pessoas saberem que a peça terminou e é hora de aplaudir, depois aplaudir os atores e ir embora. Eu falei que poderia escrever outro final para a primeira peça, um final mais claro, num tom mais cabal. Ele resistiu: você não está entendendo. Temos que colocar os gatos na peça toda, isso seria mais uma perplexidade para o chinês, mais uma coisa que ele não entenderia no Brasil. Eu achei melhor concordar, afinal estava mais interessado no dinheiro. Tudo bem, eu disse. Você tem mais experiência, você sabe o que fica melhor no palco. Ele ficou contente com isso e acabou se abrindo. Sabe o que é, rapaz? Aqui em Capim Santo tem um cara que faz uns gatos artificiais, mas é uma coisa impressionante, parece de verdade. Ele fez um gato para uma peça minha. O bicho miava, pulava no sofá, se esfregava nas pessoas. Foi um sucesso, o público gostou demais. Agora gato está ainda mais na moda, por causa do YouTube. Então precisamos aproveitar esse gancho, precisamos usar isso na peça, explorar os dados do momento.

    Ele foi fazendo essa ode aos gatos sem perceber que estava me decepcionando. Com todo aquele lance de Teatro do Tédio, eu havia pensado que Cláudio Sérgio era um diretor mais intelectual, não esperava que ele fosse ligado nessas modas populares. Mas eu estava, de fato, interessado no dinheiro, e acabei dizendo: é uma ótima ideia. Você tem boa sensibilidade para sacar o que o povo quer ver no palco. Ah, rapaz, eu estou com muitos anos de estrada, não nasci ontem, né? Mas olha, eu disse. Eu preciso falar uma coisa. É que eu estou numa fase difícil, não posso ceder os direitos autorais só pelo prazer de ver a peça ser encenada. Nós vamos ter que falar numa cifra. Ele fez um curto silêncio, depois respondeu: eu compreendo, sei como são essas coisas. Afinal, você é um profissional, você não é um funcionário público de Capim

Santo, que escreve apenas nas horas vagas. Sim, é por aí, falei. Olha, ele disse, hoje eu vou conversar com meu sogro. Passa aqui em casa amanhã, umas quatro da tarde, que eu vou ter um valor para te falar. Está marcado, vejo você amanhã, então. Tudo bem, até amanhã. Tchau.

    Fui dar uma volta, tomar um café, e fiquei imaginando gatos cercando meus personagens, subindo no sofá, subindo na mesa, na cama, miando sem parar. Às vezes me parecia que eles estavam me perseguindo, me rondando, querendo me dizer alguma coisa que eu não entendia. Não vai dar certo, pensei. Esses gatos desnorteados estão tentando me dizer que eles não nasceram para teatro, o palco não é o lugar deles. Não vou nem ver essa peça. Vou pegar o dinheiro e partir para São Paulo, tentar resgatar minha vida. Voltei para casa e tomei um remédio para dormir. Minha mãe tinha esses remédios; eu estava fazendo uso deles.

    No dia seguinte fui à casa de Cláudio Sérgio. Ele primeiro me contou como seria o lance dos gatos. Os bichanos iam ficar em cantos do cenário, ao lado do sofá, embaixo da mesa, em cima da mesa de centro. De vez em quando passariam de um lado para o outro, quando o ator não estivesse no palco. No final da peça, quando o chinês vai embora, já louco de tanto tentar entender o que estava acontecendo, ele vai sair pelo centro do palco e não pelos fundos. Vai passar pelo centro da plateia, com isso o público vai se surpreender, daí os gatos tomam outra vida e começam a dançar e a cantar uma música de despedida para o chinês. Eu estou ouvindo uns discos antigos, procurando qual música pode ser. O sonoplasta está me ajudando.

Parece que vai ficar legal, eu disse. Só tem a acrescentar. E, afinal, você vai poder trabalhar com o artista plástico que faz os gatos artificiais. Não é bem um artista plástico, ele disse. É um desses caras de cidade pequena que faz de tudo um pouco. Mas nessa do gato ele acertou. Vai ter uns cinco gatos e um operador para cada gato. Eles são controlados pelo alto, por fios minúsculos, o pessoal tem que treinar muito para fazer isso, mas acho que eles conseguem. São mecânicos, carpinteiros e outros profissionais, que querem trabalhar no teatro para fazer um coisa bonita, uma coisa diferente. Vejo que você ajuda muito esse pessoal. Essa cidade realmente precisa de você, falei. E, por falar nisso, eu também preciso de você. Ah, sim, sei do que você está falando, ele disse. Olha, eu estive com meu sogro ontem, ele falou que pode me dar uns cinquenta mil para essa peça. Eu penso que é um bom número, afinal vou gastar muito com esse lance dos gatos, e acho que eu poderia te repassar dez por cento do valor da produção. Fiz uns cálculos mentais. Dez por cento daria para pagar uns três meses de aluguel em São Paulo, num bairro minimamente decente. Infelizmente é muito pouco, eu disse. Para voltar a São Paulo, eu preciso do dobro. Mas por que você quer tanto voltar a São Paulo, rapaz? Você deixou alguma coisa inacabada por lá? Sim, minha vida, eu disse. Ele ficou em silêncio por um segundo, depois falou: olha, eu posso te dar quinze por cento. Mais que isso não tem jeito. Mas tem uma coisa que você precisa lembrar. Eu tenho amigos em São Paulo. Alguns deles vêm ver minhas peças. Essa peça certamente vai chamar a atenção, e eles vão querer encená-la por lá. Se eles a levarem, você também vai ficar com dez por cento da produção, só que a produção de lá sai muito mais cara, e você vai ganhar umas cinco vezes mais. Eu pensei um pouco e perguntei: mas você acha que isso vai mesmo para São Paulo? Esse negócio de gatinhos no palco não é uma coisa meio para criança? O que é isso, rapaz? Você está desatualizado. Faz tempo que o teatro está absorvendo essas coisas. As pessoas estão cansadas de um teatro tradicional, só com texto e interpretação. Elas querem uma coisa mais surreal, mais fantástica. Esses efeitos estão ficando cada vez mais na moda. Deve fazer tempo que você não vê uma peça. Pode ser, eu disse. Mas sabe o que é irônico nisso tudo? Eu gostei tanto dessa ideia do Teatro do Tédio, queria ver como isso funciona na prática, mas parece que você não quer mais saber disso. Rapaz, isso é muito intelectual, não dá bilheteria. Mas eu queria ver, insisti. Seu livro tem outras peças interessantes, ele disse, talvez um dia eu possa encenar uma delas no modo do tédio, mas não aqui em Capim Santo, isso seria loucura. Que pena, eu disse. Se eu souber de alguma oportunidade nesse sentido, algum festival de teatro, eu te aviso. Obrigado, também vou ficar de olho. Mas e o dinheiro? Como é que é? Você vai aceitar os quinze por cento? Eu pensei um pouco e disse: vou aceitar, mas você tem que prometer que vai fazer um esforço para essa peça ir para São Paulo. Vou fazer, pode contar comigo. Vou fazer o que estiver ao meu alcance. Eu li suas peças, você tem talento, rapaz, você faz um trabalho bem dentro do que os diretores querem. Você não vai ficar trancado aqui em Capim Santo, os deuses do teatro não vão deixar, pode ter certeza. Então está tudo certo. Pode me dizer onde eu assino. Ele riu, e eu fingi que ria com ele. Mas claro que eu não estava feliz com aquela situação. Eu não esperava ver as peças misturadas, aquilo ia ficar um x-tudo extravagante e sem sentido. Por fim, ele disse: o contrato não está comigo. A advogada da fábrica está vendo essa parte para mim. Passa lá amanhã, na parte da tarde, o endereço é Rua Amadeus Duarte, 28, sala 15. Pede para falar com a advogada, ela deve estar com tudo pronto. Passo, sim, e obrigado por tudo. Espero que dê tudo certo. Espero que você consiga coordenar essa mirabolante cama de gatos. Consigo, sim, vai dar certo, não se preocupe.

 Saí de lá um pouco decepcionado. Cláudio parecia gostar do meu trabalho, e isso me deixava contente. Mas eu não ia ganhar o dinheiro necessário para sair de Capim Santo. Havia uma remota possiblidade de Cláudio querer encenar outra peça minha, no próximo ano, mas era melhor não contar com isso. Ele mesmo disse que agora fazia teatro para um público mais verde. Fui andando para a padaria e notei que os gatos já não estavam me perseguindo. Não eram mais um problema meu.

 Alguns dias depois, uma mulher me ligou: oi, eu sou a cenógrafa, lembra de mim? A mulher do Cláudio Sérgio? Lembro, sim, tudo bem? Ela queria conversar um pouco comigo, saber mais sobre a peça, para ter uma ideia mais precisa de como abordar os cenários. No texto estava escrito apenas: festa na casa de uma rica família brasileira. Ela achava isso muito vago, queria mais detalhes. Falei para ela me encontrar na padaria, em frente ao posto de gasolina. Ela disse que não. Falou que havia um lugar melhor em Capim Santo, uma confeitaria mais aconchegante, onde poderíamos conversar à vontade, sem interrupções, sem gente disputando mesa. Nunca vi ninguém disputar mesa na padaria, mas concordei e marquei o horário.

O lugar era bem decorado, com uma luz relaxante, paredes de um bege suave, luminárias sobre as mesas de madeira marrom-escuro. Pena que só serviam pratos doces. Ela pediu alguma coisa de nome estrangeiro, eu me contentei com uma torta de limão. Eu que fiz a decoração desse lugar, ela entregou. Você gosta? Eu ia dizer que estava muito sem cor para uma confeitaria. Em vez disso, falei: gosto muito. É discreto, relaxante, parece uma antiga casa de chá. Você achou o tom certo para as cores. Obrigada. Sempre tento falar a língua do lugar. Não gosto de extravagância. Que bom, nem eu. Bem, vamos à sua peça. Vou ligar o gravador, tudo bem? Claro, sem problema. Eu gosto de ouvir a gravação mais de uma vez, porque posso esquecer algum detalhe. Compreendo. Para começar, eu preciso saber: você costuma utilizar sua experiência pessoal como ponto de partida para as suas peças? Não, nunca fiz isso. Sou um escritor de ficção. Está escrito nos meus livros: esta é uma obra de ficção. Nunca falei sobre realidade. Sei, sei, entendo, ela disse. Mas nessa peça, O Convidado Chinês, você teve alguma experiência pessoal parecida com a do protagonista? Desse momento em diante, entrei no piloto automático. Percebi que não valia a pena conversar. Ela era uma dessas pessoas que não compreendem um homem criativo; pensam que um escritor no fundo escreve sobre a própria vida, mudando apenas os nomes das pessoas e alguns detalhes. Não adianta conversar com gente assim. Fui concordando mais ou menos com tudo que ela falou, disse que ela tinha uma boa intuição, que a coisa era mesmo por aí, fui confirmando tudo que ela achava que sabia a meu respeito, sem pensar, sem sequer ouvir o que ela estava falando, até que ela perguntou se eu tinha outros livros além de Três Verões e um Inverno, e nisso eu disse a verdade. Disse que tinha publicado quatro outros livros, e Três Verões era meu primeiro livro de peças. Que legal, ela disse. Vou tentar comprar outro livro seu pela internet, já que gostei tanto dessa peça. Legal, eu disse. Fico contente com seu interesse. Minha torta de limão acabou, e eu falei: olha, eu tenho outro compromisso, preciso ir. Manda um abraço para o seu marido. E fui para o caixa. Ela disse: mas espera, ainda não falamos sobre a peça. Então pensei que ela devia ser louca. Como conseguiu me fazer tanta pergunta e não falar sobre a peça? A gente não precisa falar disso, eu improvisei. Vi seu trabalho, você tem talento. Você gosta de falar a língua do local, sem ser extravagante. Tenho certeza que seus cenários vão ficar perfeitos. E com isso deixei a confeitaria. Talvez eu tenha sido um pouco seco. Mas ela, sendo cenógrafa, com curso superior, tinha que saber que literatura não é biografia. Pelo menos uma cenógrafa tem que saber disso.

Alguns meses depois a peça entrou em cartaz. Meus pais foram e disseram que gostaram. Eu não fui na estreia, fui uma semana depois. Tentei gostar e não consegui. Os gatinhos passeando pelo cenário, depois cantando uma música ridícula, deram a tudo um tom de comédia pastel, que não convém ao teatro, mas à televisão.

No dia seguinte mandei um buquê de flores para o diretor, agradecendo pelo ótimo trabalho. Agora, tudo que eu podia fazer era torcer para alguém de São Paulo se interessar por aquela loucura, mas essa possibilidade parecia mínima. A peça tinha virado uma comédia doideca, não tinha o tom de uma peça paulista.

Comecei a pensar que minha carreira de dramaturgo não tinha futuro, seria melhor retomar os livros. Voltei a perambular pela cidade, pensando em alguns personagens. De noite eu fazia anotações. Às vezes eu pensava que talvez não precisasse voltar a São Paulo. Bastava encontrar uma cidade com um restaurante vinte e quatro horas e umas garotas que atendessem pelo telefone e fossem na casa do cliente. Perto de Capim Santo havia algumas cidades de 200, 300 mil habitantes. Talvez nelas já se encontrassem algumas comodidades da civilização. Fui pensando nisso e ao mesmo tempo pensando num personagem que mora em São Paulo, fica sem dinheiro e tem que voltar a morar com os pais, numa cidade do interior. Como ficaria a vida desse cara? Como ele se adaptaria a uma cidade pequena, depois de ter se acostumado a trabalhar de noite, comer de noite, dormir de dia, transar uma vez por semana com uma garota de programa bonita, branca, de cabelo liso? Algumas ideias foram se esboçando, fui fazendo umas anotações.

Um dia, passando perto da confeitaria, resolvi entrar e comer uma torta. A mulher do diretor estava lá, e veio falar comigo. Que legal te encontrar aqui. Você gostou mesmo desse lugar? Gostei, sim. E a peça, o que você achou? Achei ótima, mandei umas flores para o seu marido. Eu vi, estavam lindas, ele gostou muito. O que você achou do cenário, correspondeu mais ou menos àquilo que você tinha pensado? Com o tamanho da minha decepção, nem cheguei a reparar no cenário. Pensei um segundo e disse: o cenário ficou perfeito. Já estive em casas de ricaços paulistas, e a decoração é exatamente daquele jeito. Que bom, ela disse. Eu já namorei um cara cujos pais tinham uma rede de drogarias. Me inspirei na casa deles. Agora aqueles móveis estão todos lá em casa. Convenci o Sérgio a mudar a decoração. Está certo que os tios dele foram grandes artistas do modernismo, mas esse tempo já passou, né? Não dá para ter um museu dentro casa, essas coisas têm seu lugar. Concordo, o mundo gira, temos que nos adaptar. Escuta, ela inclinou a cabeça para falar, como se fosse me dizer um segredo: eu comprei um dos seus livros. Estou lendo. Que bom, eu disse. Qual deles você escolheu? Eu não lembro o título, mas é sobre um cara que tem um caso com uma mulher mais nova, depois essa mulher aparece namorando o filho dele. Ah, sim. É o Inveja do Filho, um livro meio pesado, mas que vendeu bem. Paguei uns dois anos de aluguel com esse livro. Ela disse: deixa eu ficar com seu número. Tem umas coisas que eu queria te perguntar. Esse livro virou peça? Não, eu disse. Esse foi um dos únicos que não virou peça. Quem sabe o Sérgio queira transformá-lo em peça?, ela arriscou. Não acho impossível, mas talvez não combine muito com o público dessa cidade. Talvez seja muito chocante. Eu sei do que você está falando, ela disse. O Sérgio já me falou sobre isso: o tato que ele precisa ter para não perder o público daqui. Mas, de qualquer forma, eu vou te ligar para perguntar umas coisas. Tudo bem, eu disse. Foi um prazer revê-la. E me despedi. Na rua percebi que nem cheguei a comer alguma coisa.

 Quando voltava para casa, pensei que meu personagem poderia ter um caso com a esposa de um figurão da cidade. Esse figurão seria um cara bem rico, com dinheiro suficiente para sabotar os negócios do protagonista, até que ele desistisse da cidade pequena e fosse morar em outro lugar. O tema era interessante, a mulher do ricaço poderia passar um tempo pensando se partia com o protagonista para uma nova vida ou se ficava com o ricaço, sem orgasmo e sem vida interior, vivendo como uma empregadinha chique. Pelo que sei de mim, ela terminaria desse jeito. Já estou ficando velho, tenho uma certa forma de encarar o mundo que acho que não vai mudar. Alguns dias depois, eu estava engrenado nesse livro quando a mulher do diretor me ligou. Ela perguntou se eu podia passar na confeitaria. Marcamos a hora. Assim que cheguei, ela me mostrou meu livro, Inveja do Filho. Disse que estava na página 59. Depois perguntou se eu conhecia Santa Virgem da Serra, uma cidadezinha perto de Capim Santo, onde havia umas pousadinhas, umas lojas de produtos artesanais. Nunca ouvi falar, eu disse. Ela falou que estava pensando em passar uns dias por lá, para sair da rotina, pensar um pouco na vida, curtir os prazeres da natureza, e de repente perguntou se eu gostaria de ir com ela. Essa pergunta me pegou de surpresa. Até aquele momento eu não tinha pensado que ela poderia estar a fim de mim. Pensei um pouco e disse: esse tipo de convite é perigoso. Eu poderia achar que você está a fim de mim. Ela riu, nervosamente, e baixou o tom de voz: tenho que admitir. Quando leio seu livro, imagino que você está lendo certos trechos para mim. Eu queria ouvir certos trechos na sua voz. Aquele livro tinha momentos bem picantes. Não havia dúvida de que ela estava insinuando algo mais. Olha, eu lamento, mas seu marido é praticamente meu amigo, eu disse. Eu não me sentiria bem ficando com você. Mas o que é isso?, ela bradou. Eu estava pensando em refrescar a cabeça, passar uns dias no interior, perto da natureza. Se ficássemos numa pousada, poderíamos dormir em quartos separados. Acho que você me entendeu mal. Quer saber? Esqueça o meu convite, estou vendo que falei com o homem errado. Pode deixar, já estou esquecendo, eu disse. Ela pareceu terrivelmente insultada. Colocou meu livro na bolsa e se levantou. Depois se inclinou para mais perto e disse: sabe, eu não falo o que acho de você porque não quero que as pessoas daqui pensem que estamos discutindo. Mas pode saber de uma coisa: nunca vou mostrar sua peça para ninguém de São Paulo. Aquela peça é chata demais, parece um filme europeu sobre um imigrante chinês idiota. Se não fosse o Sérgio, aquilo não ia ser encenado nem em Capim Santo, nem no menor auditório da menor cidade do mundo. Meu marido fez um milagre para te ajudar, e você ainda se acha o tal, você acha que está acima da gente.

Fiquei pasmo com aquilo tudo, não sabia o que dizer. Mas tive uma ideia sobre como meu livro poderia terminar. Esperei ela sair e pedi uma água mineral, depois fui para casa e fiz umas anotações. Nos dias seguintes, com mais calma, eu passaria tudo para o livro.

Me ocorreu que ela poderia ficar um tempo na cidadezinha do interior, mais ao interior que Capim Santo, depois dizer para o marido que eu estive lá, e ela transou comigo. Faria isso só para deixar Cláudio Sérgio contra mim. Mas isso já não tinha importância. Eu já não tinha esperança de ver a minha peça encenada em São Paulo. Agora eu estava focando naquele livro, e ele estava ficando bom. Talvez uma editora de São Paulo topasse publicá-lo.

Passei alguns dias terminando o livro, depois comecei a revisar. Procurei, na internet, uma editora para enviar o original. Mais ou menos nesses dias me ligou um cara de São Paulo. Disse que era produtor de teatro e tinha visto uma peça minha em Capim dos Anjos. Que bom, eu disse. O senhor gostou da peça? Gostei muito, rapaz, é por isso que estou ligando. Queria saber se você tem interesse em rodar essa peça aqui em São Paulo. Tenho, sim. Na verdade, escrevi essa peça aí. Como assim? Eu morei muito tempo aí. Tem apenas uns três anos que estou morando em Capim Santo. Ah, bom, então está explicado. Eu tinha achado estranho que alguém de uma cidade do interior tivesse escrito uma peça tão sofisticada. Pois é, morei quase vinte anos em São Paulo, falei. Melhor ainda, ele disse. Assim tudo fica mais fácil. Se você autorizar, eu começo a levantar o financiamento. Daqui a uns dois meses você passa aqui para assinar a cessão de direitos. Eu moro no Morumbi, na parte mais perto da praça Vinícius. Sei mais ou menos onde fica. Por mim está combinado, eu disse. Só tem uma coisa, rapaz, uma coisa um pouco delicada, não sei se você vai gostar. Pode falar, estou acostumado a lidar com pequenas mudanças. Pois é, amigo, é que... esse lance dos gatos, isso é uma coisa mais para cidade pequena. Aqui em São Paulo temos um público mais tradicional, um público menos aberto a inovações, entende? Sim, eu compreendo, disse. Não leva a mal, mas eu pensei em rodar essa peça sem os gatos, e sobretudo sem aquela musiquinha de despedida. Aquilo soaria ridículo em São Paulo. Por aqui não temos o direito de errar. Se não acertarmos na primeira noite, a peça não engrena e acaba não dando bilheteria. Nos teatros maiores ainda dependemos da bilheteria, a prefeitura não cobre tudo. Entendo perfeitamente, não se preocupe. Para mim o essencial é o impacto que o estrangeiro sofre com a nossa sociedade. A perplexidade, a sensação de absurdo. Os gatos são mera ilustração. Foi uma forma de o diretor estender o tempo da peça, nada mais. Ah, que bom, rapaz. Que bom que você pensa assim. Eu vou fazendo uns ajustes aqui. Daqui a uns dois meses eu te ligo e você vem assinar a cessão, tudo bem? Anota meu telefone. Anotei, e nos despedimos. Uma onda de calor invadiu meu corpo. Eu ia voltar para São Paulo, ia resgatar minha vida. E o que era melhor: o mundo não precisava saber dos absurdos gatinhos artificiais.

Saí para dar uma caminhada. Quando voltei para casa, pensei em ligar para Cláudio Sérgio e agradecer tudo que ele tinha feito por mim. Mas pensei duas vezes e achei melhor não arriscar. Sua mulher poderia ter inventado alguma besteira a meu respeito. Quando eu voltasse para São Paulo, escreveria uma carta de agradecimento. Era mais seguro. Depois peguei um comprimido para dormir e tomei, quase em êxtase. Gostaria de dormir por uns dois meses. Mas a verdade é que uma noite já bastava, porque no dia seguinte eu acordaria de um pesadelo.

Esta obra foi composta em Adobe Garamond Pro 12 pt e impressa em papel pólen soft 80 g/m² pela gráfica Meta.